Wir sind nicht da

PATRICK D. STEIN

Wir sind nicht da

Bibliografische Information der Deutschen Nationalbibliothek:
Die Deutsche Nationalbibliothek verzeichnet diese Publikation
in der Deutschen Nationalbibliografie; detaillierte bibliografische
Daten sind im Internet über https://portal.dnb.de/ abrufbar.

© 2020 Patrick D. Stein
Grafik: Mimzy/Pixabay
Satz, Umschlaggestaltung, Herstellung und Verlag:
BoD – Books on Demand, Norderstedt
ISBN: 978-3-7526-5068-6

Alles hängt davon ab,
ob es zwischen der Welt
und uns einen Draht gibt,
der vibriert.

Hartmut Rosa

KAPITEL 1

Bruno Hartmann fühlte eine solche Schwere in sich, als ob er mit flüssigem Blei ausgegossen wäre. Das dunkelbraune Cordsofa umschloss ihn mehr, als dass er darauf saß, und die vom jahrelangen Gebrauch widerstandslos gewordenen Kissen bogen sich unter seinem Gewicht. Eingekeilt und eingesunken standen seine Knie nach oben, was ihm angesichts seiner beachtlichen Größe und Kraft etwas seltsam Kindliches verlieh. Tatsächlich sah er aus, als würde er feststecken. Sein Zeigefinger tastete an einem der kreisrunden verschmorten Brandlöcher, die schwarz und wellig nach oben standen und die Größe kleiner Astlöcher hatten. Im Innern dieser Kreise konnte er das dünne Innenfutter auf dem Holzrahmen der Möbelkonstruktion ertasten. Mutter hatte oft hier gesessen und geraucht, als sie noch nach unten kam und bevor sie sich in den oberen Stock des Hauses zurückgezogen hatte wie ein scheuer Geist. Er erinnerte sich, wie er sie als kleiner Junge beobachtet hatte, wenn sie aus dem Fenster sah, während die Asche an der von selbst abbrennenden Zigarette immer länger wurde, bis sie in blättrigen grauen Flocken auf das wellige Futter der Armlehne fiel und unter einem dünnen, scharf riechenden Rauchfaden erkaltete.

Durch die schmalen Fenster, die von außen für das Haus viel zu klein erschienen, fiel die Sonne auf den Boden des Wohnzimmers und zeichnete dort die Fläche eines schief zusammengesetzten Bilderrahmens, in dessen schrägen, schwarzen Grenzen sich Bruno Hartmanns Silhouette als länglicher Korpus mit ovalem Kopf abzeichnete. Hypnotisiert starrte er auf den eingefassten Lichtfleck, der wie ein Fremdkörper im dunklen Zimmer lag, als das schrille Klingeln an der Tür die sorgsam gehütete Stille abrupt zerschnitt.

Bruno zuckte zusammen und sprang auf. Vorsichtig, als ob ihn jemand sehen könnte, bewegte er sich zum Vorhang. Er ärgerte sich, dass die Dielen unter seinem Gewicht knarrten, und hoffte, dass es draußen durch das gekippte Fenster nicht zu hören war. Er konnte einen Mann erkennen – zumindest den Hinterkopf und einen Teil der Schulter. Der Rest war durch eine dicht wachsende Thuja verdeckt, die etwas Aufmerksamkeit bedurfte, wie ihm bei der Gelegenheit auffiel. Neugierig, aber vor allem verschreckt, wartete er auf eine Bewegung und darauf, den anderen sehen zu können. Dabei stand er leicht nach vorne gebeugt und war bemüht, vollkommen unauffällig zu sein, als er registrierte, dass seine rechte Schulter wieder anfing zu zucken. Es gab ihm jedes Mal einen Stich, wenn er es bemerkte. Manchmal war es ganz weg. Dann plötzlich, vor allem wenn er es bewusst wahrnahm, schien es stärker zu werden, sich regelrecht zu verselbstständigen und schüttelte ihn mitunter so, dass er aussah, als wollte er aus seinem Körper ausbrechen und sich gleichzeitig selbst von der Flucht abhalten. Er atmete tief ein. Manchmal beruhigte ihn das. Der modrige Geruch nach alter, feuchter Erde, der aus dem Keller drang, lag so schwer im Raum, dass er ihn fast schmecken konnte.

Vor dem Haus stand der Postbote. Wann immer er an diese Adresse liefern musste, legte er sie ans Ende seiner Route. Das Haus lag am Ortsrand. Es war das letzte in einer ziemlich maroden Straße kurz vor einem Wendehammer. Er versuchte jedes Mal, den Schlaglöchern auszuweichen, was angesichts der Vielzahl kaum möglich war. Der Lieferwagen holperte so stark, dass er das Gefühl hatte, in einem Würfelbecher zu sitzen. Ein Zaun trennte den gepflegten Vorgarten von einer rings um das Gebäude wild wuchernden Wiese und markierte gleichzeitig eine scharf gezogene Grenze, als würde genau hier der Kampf zwischen Ordnung und Chaos ausgefochten. Wenige Meter weiter floss der Rhein, der nach der langen Hitzeperiode in diesem Jahr nur noch einem gezähmten Bachlauf und an manchen Stellen sogar lediglich einem dünnen Rinnsal gleichkam. Das Gebäude hatte etwas Trutzendes an sich und je näher er ihm kam, desto mehr wurde er von der Kälte erfasst, die die Steine selbst im Hochsommer abstrahlten. Die kleinen, verhangenen Fenster erweckten den Eindruck, als würde zwischen den Gardinen jeden Moment ein Gewehrlauf zum Vorschein kommen. Der Ort war ihm unheimlich, mehr als er zugeben wollte, und er fragte sich, wie er eigentlich die Geduld und den Mut aufbrachte, immer wieder hierherzufahren, an der Tür zu läuten und zu warten, ohne dass sich jemals die Tür geöffnet hätte. Dennoch hatte er meistens den Eindruck – oder vielmehr die Ahnung –, dass jemand im Haus sei. Einmal hätte er schwören können, dass sich die Gardine am Fenster neben der Eingangstür bewegt hatte, aber tatsächlich hatte er hier noch nie jemanden zu Gesicht bekommen.

Beim zweiten Klingeln stand Bruno immer noch wie angewurzelt an derselben Stelle. Und vor lauter Aufregung wurde das Zucken seines Oberkörpers stärker. Sein Arm schnellte nach vorne und berührte unabsichtlich die Gardine. Erschrocken starrte er nach draußen. Der andere musste etwas bemerkt haben, jedenfalls ging er auf der Treppe zum Haus rückwärts zwei Stufen nach unten und schaute auf das Fenster rechts neben der Hecke in seine Richtung. Bruno erkannte den Postboten und fühlte sich ertappt. Angespannt lauschte er in die sich dehnende Zeit nach dem Klingelton und überlegte, ob er noch immer an die Tür gehen konnte. Oder hatte er schon zu lange gewartet? Was würde er sagen, wenn der Kerl ihn fragen würde: »Wo haben Sie so lange gesteckt?« »Was treiben Sie da drin eigentlich?« Wahrscheinlich wäre es peinlich, zu öffnen. Vielleicht wäre er aber auch freundlich? Er entschied sich, den letzten Gedanken als Unsinn abzutun und regungslos zu bleiben, bis die Luft wieder rein war, als sein Mobiltelefon sich mit einer Mischung aus lautem Vibrieren und Klingeln auf der Steinplatte des Beistelltischs bewegte. »Verdammt!« Er spähte auf das Display, was völlig unnötig war. Er wusste genau, wer dran war. Es gab nur eine Person, die ihn anrief. Und er wusste auch, warum.

Er nahm das Gespräch mit gedämpfter Stimme an: »Hallo Rolf.«

»Hallo Bruno. Alles klar bei Dir?«

»Ja, ja. Alles klar.« Bruno konnte winzige Fetzen einer Melodie ausmachen, die sich nahtlos um Brunos Worte legte. Der Song kam ihm bekannt vor, aber es wollte ihm beim besten Willen nicht einfallen, wie er hieß. Es war irgendetwas Schönes, etwas Fröhliches, wie das befreite Aufatmen nach einer zu langen Melancholie.

»Du bist so leise.«

»Alles ok«, schob Bruno nach.

»Wir haben einen Einsatz im Hürtgenwald. Wie es aussieht, ein Amerikaner. Sieht nach Standardbombe aus. 250 lbs mit Aufschlagzünder. Ich bin in fünf Minuten bei dir, ja?«

»Ok. Bis gleich.«

Bruno legte auf, sah, dass der Mann immer noch in seine Richtung spähte, und hoffte inständig, dass er ging, bevor Rolf ankam. Der uniformierte Postbote in seinem Vorgarten stand etwas ratlos auf dem schmalen, von gepflegten und akkurat geschnittenen Büschen gesäumten Weg und machte den Eindruck, als ob er sich eine wichtige Frage stellen würde. Er sah noch einmal zu dem Fenster, in dem er glaubte, eine Bewegung erkannt zu haben, drehte sich dann abrupt um und ließ Bruno Hartmann, dessen Blick sich in der Gardine wie in einem Traumfänger verfangen hatte, etwas wehmütig zurück.

Wenige Minuten später hörte Bruno das bekannte Motorengeräusch von Rolfs altem Benz und ging, seine Gedanken außer Acht lassend, nach draußen. Auf dem Weg durch den Vorgarten lief er der Sommerhitze entgegen, die ihn, mit jedem Schritt mehr, umströmte wie eine ölige Flüssigkeit. Er hörte, wie das Gartentürchen hinter ihm ins Schloss fiel, und stieg, ohne nach links und nach rechts zu sehen, auf der Beifahrerseite ein.

Rolf hatte beide Arme auf dem Lenkrad liegen und schaute abwartend über die Gläser seiner randlosen Brille hinweg durch das offene Fenster der Seitentür. Er begrüßte Bruno wie immer mit einem Grinsen und strahlte die Gewissheit aus, dass ihn nichts in der Welt aus der Fassung bringen könnte. Als sie losfuhren, nahm Rolf einen jungen Mann wahr, der mit einem Paket unter dem Arm am Straßenrand stand und auffällig ins Auto starrte, als ob er darin etwas verloren und – dem Gesichtsausdruck nach zu urteilen – gerade wiedergefunden hätte. Im Rückspiegel sah er, wie das Paket zu Boden fiel und der Postbote wild mit den Händen fuchtelte.

Das Radio lauter drehend, sah er zu Bruno und fragte ihn: »Hast Du ihn wieder warten lassen?« Bruno reagierte, indem er die Mundwinkel nach hinten zog und einfach nichts sagte. Langsam entspannte er sich und genoss das Abfallen der Anspannung, je mehr Distanz zwischen sie beide und das Haus kam.

KAPITEL 2

Als sie am Ortschild von Hürtgenwald vorbeifuhren, wusste Bruno, dass ein Teil des Ortes bereits evakuiert war. Nicht, dass es verkündet oder irgendwo ausgeschrieben gewesen wäre. Er spürte es. Die Abwesenheit von Menschen veränderte einen Ort. Es war, als wäre die Luft dünner. Selbst die Farben der Häuser wirkten blasser. Die wenigen Leute, die noch vor der Absperrung standen, wirkten wie Statisten, die einfach stehen geblieben waren, nachdem die Hauptfiguren schon lange von der Bühne gegangen waren. Leute von der örtlichen Feuerwehr, von der Polizei und vom Ordnungsamt, die bei der Evakuierung mitgewirkt hatten. Durch die vielen Entschärfungen, die er hier und in der Umgebung schon zusammen mit Rolf durchgeführt hatte, kannte er die meisten von ihnen.

Rolf stellte das Auto ab und ging ohne zu zögern auf die kleine Gruppe zu, die noch etwa zehn Meter von ihnen entfernt eng zusammenstand, während Bruno damit beschäftigt war, zwei Taschen mit Werkzeug aus dem Kofferraum zu hieven. Rolf war noch nicht bei der Gruppe angekommen, als Edmund, der breitschultrige Kerl vom Ordnungsamt, schon rief: »Aha, die Herren Feuerwerker!« Edmund liebte es, sie damit aufzuziehen, dass ihr Beruf danach klang, als wären sie für die Bespaßung der Gäste zuständig. Rolf erwiderte sofort etwas, das Bruno, mit dem Kopf im Kofferraum, nicht verstehen konnte. Jedenfalls brach, sobald Rolf bei den anderen war, ein wieherndes Gelächter aus, das augenblicklich alle verband. »Wie macht er das nur?«, fragte sich Bruno. Ihm selbst war es immer unangenehm, auf Leute zuzugehen, und die hier waren noch nicht einmal fremd. Bei ihm blieb immer eine Distanz. Er wünschte, Rolf wäre nicht vorausgegangen, und ärgerte sich sofort über die kindliche Regung. Wenn er bei ihm war, dann fühlte er sich sicherer und gleichzeitig wünschte er, er könnte genauso gut mit Leuten umgehen wie Rolf.

Sein rechtes Auge zuckte. Erleichtert registrierte er, dass er keine Anzeichen für weitere ruckartige Bewegungen in sich wahrnehmen konnte. Als er auf die Gruppe zuging, nickten ihm einige respektvoll zu, grüßten ihn. Edmund gab ihm wie immer die Hand und klopfte ihm auf die Schulter. Bruno fragte sich, was mit ihm nicht stimmte, dass er, obwohl er immer wieder Anerkennung fand, nie in der Lage war, an deren Beständigkeit zu glauben. Auf eine merkwürdige Art war er jedes Mal aufs Neue überrascht, wenn jemand freundlich oder sogar herzlich zu ihm war.

»So, Leute«, warf Rolf in die Runde und signalisierte, dass er loslegen wollte.

»Passt auf euch auf!«, kam aus der Gruppe zurück.

Rolf ging vor, hob das rot-weiß gestreifte Flatterband an, das quer über die Straße gespannt war, und wartete, bis Bruno durchgelaufen war. Vorbei an der Kirche und menschenleeren Häusern liefen sie in Richtung des Ortsrandes auf ein freies Feld. Ab hier hatten sie beide das Gefühl, vollkommen alleine zu sein. Für Bruno markierte dieser Zustand den Beginn des eigentlichen Einsatzes. Es war, als ob er eine unsichtbare, aber deutlich wahrnehmbare Grenze überschreiten würde.

Auf der Fläche am Ortsrand sollte ein Baugebiet für junge Familien ausgewiesen werden. Bei der üblichen Untersuchung nach Munitionsresten, hauptsächlich aus dem Zweiten Weltkrieg, stellte sich hier nicht die Frage, ob es Funde gab, sondern wie viele. Und tatsächlich bot sich Bruno und Rolf ein Anblick, als wären seit der Schlacht im Hürtgenwald, die hier gegen Ende des Zweiten Weltkriegs stattgefunden hatte, lediglich Tage oder Wochen vergangen. Hier hatten sich zwischen Ende 1944 und Anfang 1945 amerikanische Truppen im feuchten und kalten Wald gegen den erbitterten deutschen Widerstand aufgerieben. Weit verstreute Überreste der Schlacht traten deutlich zutage. Der staubtrockene Boden des Baugebiets war übersät mit Grabungslöchern und kleinen Positions-Fähnchen, die bei der Flächensondierung zur Orientierung dienten. Aufgrund der Masse an Munition, die hier im Hauptkampfgebiet immer noch in der Erde lag, wurden mit den Fähnchen Gänge markiert, in denen die Sucher zu zweit hintereinandergingen. Der Vordere suchte mit dem Metalldetektor die Oberfläche ab, der Zweite barg die gefundene Munition. An einer Stelle am Rand des umgepflügten Felds lagen die zusammengetragenen Fundstücke auf einem kleinen Haufen: Hülsen von Mörsergranaten, verformte Eisensplitter von detonierten Bomben, Geschosse, Gewehrkolben, Maurereimer voll mit blanker MG-Messingmunition, die nach der Schlacht liegengelassen worden war. Überall Fernmeldedraht, der hier nur Ami-Kabel genannt wurde. Neben einer durchgerosteten Tonne ein in die Glieder einer Panzerkette verkeilter Kinderwagen.

Bruno und Rolf gingen auf ein tiefer ausgegrabenes Loch zu, in dem der Blindgänger freigelegt worden war. Rolf wurde jedes Mal deutlich ruhiger, sobald er das Entschärfungsobjekt zum ersten Mal sah, so auch dieses Mal. Es war eine Ruhe, die über bloßes Schweigen hinausging – eine fast greifbare Konzentration. Etwa drei Meter tief lag eine amerikanische Fünf-Zentner-Bombe. Während der Kampfhandlungen war das gesamte Gelände nass und matschig gewesen, weshalb der Aufschlagzünder beim Aufprall nicht genug Widerstand gefunden hatte, um auszulösen. Die Bombe war tief ins Erdreich eingedrungen und hatte sich in einer bogenförmigen Bewegung wieder nach oben geschoben. Bis zum heutigen Tag lag der rostige Metallkörper schlafend in der Erde, hatte aber von seiner

Bösartigkeit absolut nichts verloren. Als beide direkt vor ihm standen, starrte sie der Zünder beobachtend an, wie ein wachsam glotzendes Auge.

Paradoxerweise fühlte Bruno sich hier auf sicherem Gebiet. Er blickte Rolf an, der die Entschärfung vornehmen sollte, und erkannte die übliche Veränderung, die in seinem Freund vorging. Rolfs Ruhe war eine andere als seine. Rolf konnte die Bedrohung durch den Blindgänger fast körperlich spüren. Um dennoch ruhig zu bleiben und seine Arbeit erledigen zu können, ging er die technischen Details durch, die für die Entschärfung relevant waren, rief sich das Schema des Zünders ins Gedächtnis und wiederholte die einzelnen Schritte, die er abarbeiten würde. Er versuchte sich, durch vollkommene Fokussierung auf die Details, von der Angst abzulenken, die durch den kunstvoll aufrechterhaltenen Schutz, den er selbst als Respekt bezeichnete, durchbrach. Eine Angst, die ihn immer wieder abrupt und mit unberechenbaren, harten Schlägen traf, wie einen Boxer, der seinen Gegner in der Dunkelheit nicht ausmachen konnte. Erst wenn er direkt am Zünder stand und arbeitete, überlagerte die Konzentration alles andere. Bruno wusste das. Seit er vor 27 Jahren als Entschärfer angefangen hatte, arbeitete er mit Rolf zusammen. Von ihm hatte er alles gelernt – über jedes noch so kleine, aber entscheidende technische Detail. Über die Jahre waren beide wie ein Ehepaar zusammengewachsen. Sie hatten sogar Schlüssel zum Haus des jeweils anderen, die zwar nie benutzt wurden, aber doch in guten Händen lagen.

»Nicht jeder Entschärfer ist gerne allein mit der Bombe«, hatte Rolf einmal zu Bruno gesagt, als der noch ganz neu dabei war. »Manche brauchen jemanden in ihrer Nähe.« Deshalb hatte es sich zwischen ihnen eingespielt, dass einer von beiden immer in einiger Entfernung dabei war und per Funk Kontakt hielt. Aber es war vor allem Rolf, der jemanden in seiner Nähe haben wollte.

Bruno meinte so etwas wie Nervosität an Rolf wahrgenommen zu haben, die untypisch für ihn war. Er war ungewohnt zögerlich. Hatte das in den letzten Tagen zugenommen? Hing es mit seiner Pensionierung in wenigen Wochen zusammen? War es der Gedanke daran, nicht mehr gebraucht zu werden?

»Wie willst du vorgehen?«, fragte Bruno, um seinem Freund beim Versuch, sich zu konzentrieren, zu unterstützen. Er erinnerte sich daran, dass Rolf ihn das bei seiner ersten Entschärfung auch gefragt hatte.

»Mit der Raketenklemme, denke ich«, antwortete Rolf und fing an, seine Entscheidung und den Vorgang zu beschreiben, als ob er sich erklären müsste, dabei hatte Bruno alles von ihm gelernt und nicht umgekehrt.

»Der Blindgänger liegt fast waagerecht. Der Zünder ist nicht beschädigt, so dass ich das ENERPAC gut ansetzen kann.«

Bruno nickte. Er war froh, dass Rolf sich nicht dafür entschieden hatte, den Zünder per Hand auszudrehen, und hoffte, dass er ihm seine Erleichterung nicht ansah. Er erinnerte sich, wie er den Journalisten immer die Funktionsweise erklärte, wenn es in den Interviews, die oft nach Entschärfungen stattfanden, überhaupt so weit ins Detail ging. »Das ENERPAC funktioniert ähnlich wie ein Korkenzieher, mit dem der Zünder herausgezogen wird, und ermöglicht einem, je nach Zündertyp, so wenig wie möglich an der Bombe selbst zu arbeiten.« Natürlich musste es vorsichtig angesetzt werden. Die Kampfmittel waren auch Jahrzehnte nach dem Abwurf immer noch so gefährlich wie am ersten Tag, vielleicht sogar gefährlicher, weil der Sprengstoff in der Zwischenzeit um ein Vielfaches empfindlicher geworden war. Jede Bewegung konnte eine Detonation auslösen. Man befestigte die Raketenklemme am Zünder mit einer Zwinge. An der Zwinge befanden sich zwei Rohre mit jeweils einer Kartusche, die aus sicherer Entfernung mit einem lauten Knall gezündet werden konnten. Die Raketenklemme kam dadurch in eine extrem schnelle Rotation. So wurde der Zünder mit einer solchen Geschwindigkeit herausgedreht, dass er nicht auslösen und die Sprengladung zünden konnte. Nachdem er den Vorgang in Gedanken durchgegangen war, registrierte er, dass er selbst offensichtlich deutlich konzentrierter war als Rolf.

»Wo wirst du eigentlich während der Entschärfung sein?«, fragte Rolf.

Bruno antwortete: »Da hinten ist eine kleine Senke, ungefähr 200 Meter von hier. Kannst du sie sehen?« Er deutete in die Richtung und sagte: »Da bin ich. Wenn irgendetwas ist, melde dich, ja?« Er hielt das Funkgerät hoch und schaute Rolf an.

»Ok«, antwortete er.

»Ich kann übernehmen, wenn du willst«, sagte Bruno.

Rolf winkte ab und bedeutete ihm mit einem Nicken in die Richtung der Senke, dass er gehen sollte.

Während Bruno sich entfernte, verspürte er den unbändigen Wunsch zurückzuschauen, wagte es jedoch nicht, weil er Rolf auf keinen Fall ein Gefühl der Unsicherheit spiegeln oder auch nur im Ansatz ein schlechtes Omen provozieren wollte. Merkwürdigerweise war er selbst nur bei Einsätzen abergläubisch, obwohl er den Journalisten, die wissen wollten, ob Angst im Spiel sei, immer wieder erzählte, dass es auf die Technik ankam, der mit bekannten und erprobten Verfahren zu Leibe gerückt wurde. Erst als er an der Senke angekommen war, blickte er zurück zu Rolf, der tatsächlich stehen geblieben war und ihm nachgesehen hatte. Rolf hob den Daumen und verschwand etwas schwerfällig in dem ausgehobenen Graben.

Etwa zweihundert Meter auseinander saßen beide in ihren Löchern, wie Inseln im Dreck. Die Erde war steinhart und roch nur schwach. Wenn er nicht selbst entschärfte, sondern abseits wartete, kam Bruno die Zeit immer zäh vor, wie ein lang gezogenes Gummiband. In Gedanken war er bei Rolf und überlegte, ob er schon angefangen hatte. Er selbst begann in der Regel sofort mit der Entschärfung. Aber abseits war die Anspannung eine ganz andere.

In das Rauschen der dicht stehenden Bäume, die die damaligen Kampfhandlungen für die Amerikaner zur Tortur gemacht hatten, weil es tagein, tagaus dunkel, nass und kalt war, mischte sich aus einem der Nachbarorte das langsam auf- und abschwellende Heulen einer Sirene. Ein Geräusch, das Bruno hasste, weil es ihn noch heute schlagartig und ohne, dass er sich dagegen hätte wehren können, in seine Kindheit zerrte. Damals war auf dem Nachbarhaus seiner Eltern noch eine Sirene installiert gewesen, die aussah wie ein aufgepflanzter, verwitterter Stahlhelm. Ein Relikt aus einer anderen Welt, unter dem sich bei Feueralarm wellenförmig ein langgezogener, tiefer Heulton aufschwang, der ihn regelrecht paralysierte. Es war, als ob der markdurchdringende Lärm ihm die Tränen aus den Augen pressen wollte, für die er sich insgeheim schämte, obwohl sie niemand sah. Noch heute führte das Geräusch dazu, dass er sich innerlich verkrampfte.

Rolf stand im Loch, das um den Blindgänger ausgehoben worden war. Der Bombenkorpus ragte, festgebacken in der Erde, zur Hälfte ins Freie und wirkte, als wäre er im Flug erstarrt. Das Heck, in dem der Zünder steckte, zeigte direkt auf seinen Schritt. Bei einer seiner ersten Entschärfungen – er war gerade dabei gewesen, den Zünder von Hand herauszudrehen – hatte er plötzlich Bedenken bekommen, dass bei einem Unfall seine Zeugungsfähigkeit leiden könnte und sich instinktiv weggedreht. Die Erinnerung amüsierte ihn. Schwer atmend starrte er auf den rostigen Eisenklotz. Früher hatte er sich öfter gefragt, warum er diesen Job machte. Jetzt fiel ihm auf, dass er sich solche Fragen schon lange nicht mehr gestellt hatte. Ziemlich lange sogar. Er hatte seine Entscheidung, Entschärfer zu werden, nie bereut. Aber die Tatsache, dass sein Berufsleben dem Ende zuging und diese Entscheidung den Großteil seines Lebens geprägt hatte, machte ihn nachdenklich. Er versuchte sich vorzustellen, was gewesen wäre, wenn er einen anderen Weg gewählt hätte, als er von einem wichtigen Detail abgelenkt wurde. Er bemerkte, dass er den Zünder an einer Stelle noch reinigen musste, um die Klemme richtig ansetzen zu können.

Bruno wartete angespannt auf ein Zeichen von Rolf. Die Zeit war schon jetzt mehr als ausreichend für die Vorbereitungen. Rolf müsste ihn jeden Moment, so wie sie das immer machten, anfunken, um durchzugeben, dass er bereit für die nächsten Schritte war. Er überlegte, ob er ihn selbst anfunken sollte und sah ungeduldig auf das Funkgerät, als ob es eine Uhr wäre oder ihm selbstständig Antworten geben könnte. Er stand auf, um zu Rolf hinüberzusehen, und setzte an, trotz des Funkgeräts in seiner Hand, zu rufen, als er durch einen dumpfen Schlag erschüttert wurde und ins Wanken kam. Die Druckwelle der Explosion hatte sich zuerst über den Boden fortgepflanzt, so dass Bruno den Schlag unter den Füßen spürte, als ob eine gewaltige Macht angeklopft hätte. Ein dunkler und dumpfer Ton. Dann erst sah er den roten Feuerball unter einer Welle von Erde, die sich wie eine Blase aufwölbte. Faszinierend, wie etwas Bösartiges, das sich nicht ganz zu erkennen gab. Der rote Kern zeigte sich nur für einen kurzen Augenblick hinter einem braunen Schleier. Die Druckwelle fegte über die Ebene und schleuderte ihn zurück in den Graben. Metallsplitter schossen an ihm vorbei und über ihn hinweg und im Fallen registrierte er noch etwas an seinem Oberschenkel, das sich anfühlte, als ob ihn etwas gestochen hätte oder wie eine punktuelle Verbrennung.

Während er auf den Rücken fiel, ging sein Blick in den Himmel. Eine riesige hellblaue Fläche, durchzogen von umherschwirrenden dunklen Flecken, als wären plötzlich tausende von Vögeln aufgetaucht, die so schnell flogen, dass sie nur schemenhaft wahrnehmbar waren. Kurz bevor sich sein Gesichtsfeld komplett verdunkelte, konnte er das TNT riechen. Eine leise Mischung aus nassem Beton und Rauch. Ein fast angenehmer Geruch. Erde und kleine Steine prasselten auf ihn herunter, wie ein unerwarteter Sommerregen, der wütend auf den Boden trommelte. Sein letzter Gedanke war, dass irgendwie alles zur falschen Zeit geschehen war. Wann hatte er den Schlag gehört? Wann das Feuer gesehen? Oder war alles gleichzeitig passiert? Der Moment der Explosion füllte seine Wahrnehmung komplett aus, als ob sie in ihm selbst stattgefunden hätte. Sie war alles und gleichzeitig war um ihn herum und in ihm selbst alles nichts.

KAPITEL 3

Es dauerte einen Augenblick, bis Bruno wusste, wo er war. Das Geräusch eines Autos hatte ihn aufgeweckt. Für einen Moment dachte er, Rolf würde ihn zu einem Einsatz abholen. Er hatte sich schon im Bett aufgesetzt, als er den Schmerz an seinem Bein spürte, der ihn abrupt in die veränderte Realität zurückholte. Es war nur jemand, der am Ende der Straße sein Auto wendete und dessen Scheinwerfer den Raum kurzfristig erhellten. Er kannte das Spiel von Licht und Schatten an der Zimmerdecke. Wie oft hatte er schon hier gelegen und die immer gleichen Gitterstäbe beobachtet, die das einfallende Licht an die Decke zeichnete? Er war zuhause.

Er humpelte runter in die Küche, wo der Schein der Straßenlaterne gerade genug Licht abwarf, dass er alle Umrisse im Raum erkennen konnte. Im Schrank stand noch Schnaps. Bruno schenkte sich ein Glas ein und dachte daran, wie Rolf ihm gegenübergesessen hatte, wenn sie von Einsätzen zurückkamen, erschöpft und immer noch aufgeputscht. Es war immer gut, egal ob sie noch lange redeten oder vor sich hin schwiegen.

Seit seinem ersten Tag als Entschärfer war er mit Rolf unterwegs gewesen. Jetzt erinnerte er sich daran, wie er im Alter von 23 Jahren zum Kampfmittelbeseitigungsdienst gekommen war. In der Zeit lagen durch die RAF-Anschläge bei allen Sicherheitskräften die Nerven blank. Täglich wurden Ausnahmesituationen erwartet. Wann immer die Nachrichten liefen, war mit Szenen von Anschlägen zu rechnen. Es kursierten Flugblätter wie »Der wahnsinnige Anarchist«, die den Bau von Sprengsätzen erklärten. So kam es neben der Beseitigung von Kriegsaltlasten immer wieder zu Entschärfungen von sogenannten unkonventionellen Sprengsätzen. Gefährliche, selbstgebastelte Ungeheuer, die völlig unberechenbar waren. Er konnte sich noch gut daran erinnern, wie er bei einem seiner ersten Fälle dieser Art zu einer jungen Familie gerufen worden war. Die Eltern waren von einem lauten Knall in der Nacht geweckt worden und standen noch, als Bruno dort ankam, mit aufgerissenen Augen im Kinderzimmer, während ihr Sohn verarztet wurde. Der Junge hatte irgendwelche Flüssigkeiten aus dem Gartenhaus mit Zucker vermischt und war von einer schnellen und heftigen Reaktion überrascht worden. Auf dem Boden vor seinem Schreibtisch lagen Schüsseln, Flaschen und zerbrochenes Glas verstreut. Vom Fenster tropfte Blut und unter dem Bett sah er zwei Finger, die wahrscheinlich das Reagenzglas gehalten hatten. Die Mutter des Jungen hielt sich am Türrahmen fest und versuchte krampfhaft, einen Weg zu dem Punkt in der Vergangenheit zu finden, an dem sie ihren Sohn verloren hatte. Er war irgendwann offensichtlich in eine völlig andere Richtung gelaufen und sie hatte es noch nicht einmal mitbekommen. Bruno erkannte ihren Schmerz und verspürte den Wunsch, sie zu trösten. Doch obwohl er das Gefühl hatte, als Einziger im Haus das gesamte Drama zu verstehen, fühlte er sich dennoch als Außenseiter und auf merkwürdige Art unbefugt.

Neben dilettantisch gemixtem Blödsinn gab es aber auch jede Menge ernst gemeinter Gemeinheiten. Koffer mit lichtsensiblen Zündern, die in der Fußgängerzone abgestellt wurden, oder Bomben in Einkaufstüten, die unauffällig an öffentlichen Plätzen liegengelassen wurden, mit dem Ziel, so viele Menschen wie möglich zu töten oder zu verletzen.

In dieser angespannten Atmosphäre kam er zu den Entschärfern, zuckte mit den Schultern, blinzelte, wirkte nervös. Der damalige Einsatzleiter, der zwei Köpfe kleiner war als Bruno, hatte sich einmal vor ihm aufgebaut und schwadroniert: »Selbst kleinste Bewegungen genügen mitunter, um Sprengsätze und Blindgänger zur Detonation zu bringen. Da gibt's nichts rumzuhampeln.« Aber Rolf hatte etwas in ihm gesehen und sich für ihn ausgesprochen. Das war der Anfang. Seitdem waren über 30 Jahre vergangen, in denen er mit Rolf zusammengearbeitet und jeder sich auf den anderen verlassen hatte. Unter den Kollegen waren sie das »Pärchen«. Immer im Doppelpack. Und mit der Zeit war Bruno zum absoluten Spezialisten geworden. Er war es auch, der die Einkaufstüte aus dem Weg geräumt hatte. Rolf hatte sich der Tüte genähert, hineingespäht und wollte sie schon wegtragen, als Bruno eingriff. Sein Instinkt sagte ihm, dass er sich selbst vergewissern sollte. Ein verärgerter Blick von Rolf traf ihn, doch Bruno war sich sicher, dass etwas nicht stimmte. Mit dem Zeigefinger hob er eine hängende Tragelasche an und sah, als ob seine Augen automatisch auf die Gefahr gezogen würden, einen winzigen Draht im Kopfsalat. Den Zünder behutsam aus dem Grünzeug zu ziehen, wäre viel zu riskant gewesen, und die Tüte wegzutragen ebenfalls. Bruno setzte das damals noch neue Wassergewehr ein. Ein Rohr wurde wie eine Schusswaffe auf die Tüte ausgerichtet und ein gezielter Wasserstoß auf das Objekt abgefeuert. Durch den hohen Druck wurde der komplette Inhalt zerfetzt, noch bevor der unsichtbare Mechanismus greifen konnte. Rolf stand abseits und beruhigte sich nur langsam. Es durfte eben keinen Fehlgriff geben, keinen einzigen. Dieser Einsatz festigte Brunos Ruf, einen untrüglichen Instinkt zu haben. Unter all den nüchternen Einsatzkräften war er seitdem bekannt dafür, dass er Gefahr fühlen konnte.

Schon seit einiger Zeit hatte Bruno sich überlegt, wie sich sein Leben verändern würde, wenn Rolf in wenigen Wochen in den Ruhestand gehen würde. Aber die Möglichkeit, ihn tatsächlich bei einer Explosion zu verlieren, hatte er trotz aller Erfahrungen nie ernsthaft in Erwägung gezogen, auch wenn das Berufsrisiko immer im Raum gestanden hatte. Obwohl es auch andere Kollegen schon erwischt hatte, war der Gedanke, Rolf einmal zu verlieren, immer abstrakt geblieben. Wahrscheinlich, weil er sich ein Leben ohne ihn überhaupt nicht vorstellen konnte.

Warum war er so merkwürdig, als er an der Bombe gestanden hatte? Zumal er noch wenige Minuten zuvor mit den Kollegen gefrotzelt hatte. Die Sache war nicht besonders kompliziert. Auch wenn sie sich immer sagten, dass es keine Routine-Entschärfungen gibt, war der Fall schon fast wie aus dem Lehrbuch. Bruno wagte nicht, den Gedanken zu Ende zu denken, weil er ihm so abwegig erschien. Dennoch erinnerte er sich an einen Satz, den Rolf immer mal wieder zum Besten gegeben hatte, wenn ihm übertrieben fröhliche Menschen suspekt waren: »Der lustigste Kerl bei uns im Ort war der, der sich später im Garten aufgehängt hat.« War es das? Nein. Das war abwegig. Es konnte nicht sein.

Die in das fahle Licht getauchten Umrisse der Küche schienen zu vibrieren und strahlten etwas Feindseliges aus, als ob sie vorhätten, näherzukommen. Zum ersten Mal war Bruno die Kälte im Haus unangenehm. Er rieb sich die klammen Finger. Von draußen hörte er das tieftonige monotone Klopfen der riesigen Dieselmotoren, die die Binnenschiffe gegen die Strömung schoben. Weit entfernt lachte jemand. Dann wieder Stille.

Als wäre durch die Explosion in seinem Innern mehr Raum entstanden, ergriff seine Einsamkeit neue Winkel und dehnte sich mit solcher Vehemenz aus, als ob sie ihn von innen verschlingen wollte. Ohne Rolf fehlte ihm die Verbindung zur Welt. Das war ihm schon vorher bewusst gewesen. Doch jetzt waren Fakten geschaffen worden – und plötzlich hielt er es nicht mehr aus. Er stand auf. Ihm war noch immer schwindelig von der Erschütterung durch die Druckwelle, die ihn einfach umgeworfen hatte.

Er kippte sich den Schnaps in den Mund, der scharf brennend seine Kehle hinunterlief, und ging vor die Tür. Er hatte keine Ahnung, wie spät es war, aber bei der tiefen Dunkelheit schätzte er, dass es weit nach Mitternacht war. Von seinem Haus aus musste er nur die Straße überqueren und wurde sofort von einer breiten Reihe dicht stehender Büsche und Laubbäume verschluckt, die den Weg zum Rhein säumten. Die Hitze des extrem heißen Sommers hatte einige Bäume dazu veranlasst, aus Selbstschutz Äste abzuwerfen. Die auf dem Boden liegenden, ausgetrockneten Blätter raschelten bei jedem Schritt wie Herbstlaub. Bruno genoss es, gleichzeitig alleine und doch nicht zuhause zu sein. Die Dunkelheit hüllte ihn sorgfältig ein und wiegte ihn in Sicherheit.

Plötzlich sah er nur wenige Meter entfernt einen roten Punkt in der Schwärze der Nacht aufglühen. Wie angewurzelt blieb er stehen und wartete darauf, den Punkt noch einmal zu sehen. Dann wieder, nur deutlich näher. Durch den hohen fiependen Ton, den er seit dem Unfall im Ohr hatte, war ihm entgangen, dass außer ihm noch andere Leute unterwegs waren. Sein Kopf dröhnte. Durch den Schwindel fühlte er sich angeschlagen und angreifbar. Er versteckte sich hinter einem Baum und lauschte angestrengt. Mit einem Mal wirkte alles um ihn herum bedrohlich. Es war ein Mann, der mit einer Frau spazieren ging und dabei rauchte. Beide liefen direkt vor seiner Nase an ihm vorbei und unterhielten sich leise. Er wartete lange, bevor er wieder zurück zum Haus ging, um auf jeden Fall zu vermeiden, dass sie ihn bemerkten, und kam sich dabei merkwürdig verschlagen vor.

Am nächsten Morgen wachte er vom Klingeln des Telefons auf. Sobald er die Augen aufschlug, spürte er unnachgiebige und stechende Kopfschmerzen, die sich hinter den Augen festgesetzt hatten.

Gewohnt, dass ausschließlich Rolf ihn angerufen hatte, blickte er verdutzt auf sein Mobiltelefon und erkannte die Nummer des »Büros«.

Er nahm ab und sagte nur: »Hartmann«. Seine Stimme ging am Ende nach oben, als ob es eine Frage wäre.

»Bruno, wie geht's dir?« kam als Antwort zurück.

An der Stimme erkannte Bruno, dass es sein Chef Erik war. Es war typisch für ihn, dass er sich nicht meldete und direkt zur Sache kam. Erstaunlich war, dass er mit recht gedämpfter Stimme redete. Bruno kannte Erik nur als jemand, der immer auf laut gestellt war.

»Hallo Erik«, erwiderte Bruno. »Geht schon«, was gelogen war, aber Bruno wollte kein Mitleid und er wollte auch nicht viel reden – prinzipiell nicht und schon gar nicht mit Kopfschmerzen. Dass er überhaupt angerufen wurde, war ihm schon zu viel.

»Hör mal, Bruno. Mein Beileid, auch im Namen der Kollegen. Die Sache mit Rolf hat uns alle ganz schön mitgenommen. Brauchst du irgendetwas?«

»Danke Erik. Ich komme schon klar. Der Schwindel macht mir noch etwas zu schaffen, aber morgen bin ich wieder da.«

»Nein, nein. Lass mal«, kam von Erik bestimmt zurück. »Du bleibst erst mal zuhause und erholst dich. Du bist von der Druckwelle einer Fliegerbombe erfasst und durch die Gegend geschleudert worden. Um ehrlich zu sein, wir sind froh, dass es dich nicht härter erwischt hat. Das muss erst mal verarbeitet werden.«

Bruno blieb stumm. Der Job war alles für ihn. Er hatte keine Ahnung, was er ohne seine Arbeit tun sollte.

Erik setzte erneut an: »Wir erledigen das mit der Beerdigung. Organisieren alles und so. Ja? Der Termin ist übrigens schon übermorgen.«

»Ja, gut«, erwiderte Bruno. Für einen Moment war er in Gedanken mit Rolf bei dem Blindgänger. Sie standen am

Kraterrand, und das Ding schaute sie fragend an. »Denkt ihr auch an seine Tochter?«, schob er nach.

»Was für eine Tochter?« Erik klang überrascht und machte eine Pause, als ob er lange nach einer Erinnerung kramen müsste. Rolf hatte nicht oft vor den anderen Kollegen von ihr gesprochen. Aber Bruno wusste, dass ihm der fehlende Kontakt zu ihr wie ein Stachel im Fleisch saß.

»Ach so. Stimmt«, kam aus dem Hörer. »Da war was. Ähm. Also hast du eine Ahnung, wie wir sie erreichen können?«

»Nein«, erwiderte Bruno. »Aber ich kann mal bei ihm im Haus nachsehen, ob er irgendwo eine Nummer notiert hat.« Er war froh, eine kleine Aufgabe zu haben. Und er war froh, einen Grund zu haben, in Rolfs Haus zu sein. Insgeheim hoffte er, dass er seinen Freund dort noch erahnen konnte. Vielleicht an Kleinigkeiten. Doch als er versuchte, sie sich vorzustellen, unterbrach er seine Gedanken selbst. Mit einem Mal wurde ihm die Distanz bewusst, die zwischen seiner und der Welt der anderen lag.

»Gut, Bruno. Sag einfach Bescheid, wenn du etwas herausgefunden hast«, sagte Erik. »Und erhol dich gut. Wir brauchen dich hier.«

Bruno hatte das Gefühl, etwas würde sich um seinen Hals legen. Mit belegter Stimme sagte er: »Ja, Erik, okay. Danke«, und legte auf.

In Rolfs Haus war es angenehm kühl. Er hatte die Angewohnheit, im Sommer die Rollläden in allen Zimmern, die Sonne abbekamen, so weit herunterzufahren, dass die Schlitze zwischen den Lamellen gerade noch Licht durchließen. Auf einem kleinen Tischchen im Flur stand das Telefon. Erst vor Kurzem hatte Rolf das grüne Tastentelefon mit dem geringelten Kabel durch ein schnurloses Telefon ersetzt, allerdings nie seine Kontakte eingespeichert. Die waren noch immer handschriftlich in ein kleines Buch mit aufgedrucktem Telefon-Symbol geschrieben, das in der großen Schublade unter der Tischplatte lag.

Bruno zog die Schublade auf und holte das kleine Buch heraus, zögerte jedoch, es aufzuschlagen. Er wollte vorher noch kurz nach dem Rechten sehen. Er ging ins Wohnzimmer, stellte sich in die Mitte des Raums und lauschte, völlig unbeobachtet, nach Anzeichen dafür, ob Rolf noch irgendwie anwesend war, wenn auch nur ganz flüchtig. Er überlegte sich, ob jemand, der ihn so sehen könnte, ihn für merkwürdig halten würde. Tatsächlich hielt er sich selbst für merkwürdig.

Er ging in Richtung des Gartenfensters, das fast die gesamte Länge des Raums einnahm. Das Fenstersims stand voller Blumentöpfe mit Kakteen und Orchideen. Bruno füllte die kleine, wie ein Kinderspielzeug wirkende Gießkanne und goss eine Pflanze nach der anderen. Dabei achtete er peinlich genau darauf, dass sich kein Wasser in den Untersetzern sammelte, und brachte danach den Müll raus. Erst dann schlug er Rolfs Telefonbuch auf, das jetzt auf einem kleinen Deckchen lag. Hier hatte Rolf immer seine Schlüssel deponiert, die bei der Explosion mit ziemlich großer Sicherheit verschmolzen waren.

Bis auf die Lasche des Buchstabens »K«, die völlig abgewetzt war, sah die Buchstabenleiste seines Telefonbuchs vollkommen unberührt aus. Unter »K« hatte er mit Klebestreifen eine ausgeschnittene Zeitungsanzeige der »Köhlerstuben« eingeklebt. Ein Angelpark, zu dem er immer mal wieder gefahren war. Unter »H« fand er seine eigene Telefonnummer, aber die hatte Rolf auch im Kopf gehabt. Die übrigen vereinzelten Einträge waren Kollegen. Den einzigen Frauennamen außer Nicole Peters, die halbtags die Buchhaltung im Betrieb erledigte, fand er unter »P«: Magda Paulus, Rolfs ehemalige Frau. In Klammern hatte er hinter ihren Namen »geb. Baldauf« notiert.

Er tippte die Nummer ein und nahm den Widerstand

wahr, den er überwinden musste, um zu wählen. Angespannt wartete er darauf, dass jemand abnahm, und wollte, fast froh, dass niemand zu erreichen war, nach dem dritten Klingeln schon auflegen, als sich eine herrische Stimme meldete: »Ja?«

»Guten Tag. Entschuldigen Sie die Störung. Hier ist Bruno Hartmann. Spreche ich mit Magda Paulus?« Bruno hatte den Eindruck, als hätte er aus dem Stand Anlauf genommen.

»Wer ist da?«

»Bruno Hartmann. Ich habe mit Ihrem Mann« – verdammt, er hätte sich überlegen sollen, was er sagen wollte –, »also mit Ihrem früheren Mann zusammengearbeitet.«

»Ja und? Was wollen Sie?«

»Nun ja. Es tut mir leid, Ihnen mitteilen zu müssen, dass er bei einem Unfall ums Leben gekommen ist.«

»Dann hat er es also endlich geschafft.«

Bruno war perplex. Feindseligkeit hatte er als Letztes erwartet. Er setzte erneut an und sagte: »Es war ein Unfall. Bei einer Entschärfung im ...«

»Ich kann mir schon denken, was passiert ist«, unterbrach ihn die Stimme. »Haben Sie nur angerufen, um mir das mitzuteilen?«

»Ja«, erwiderte Bruno verschreckt, als ob ihn eine strenge Lehrerin angefahren hätte, und ergänzte: »Und ich wollte noch seiner Tochter, also Ihrer Tochter, also Ihrer gemeinsamen Tochter Bescheid geben, aber ich habe keine Telefonnummer von ihr. Könnten Sie ihr die Nachricht überbringen und ihr sagen, dass die Beerdigung übermorgen stattfindet?«

Es entstand eine unerwartete Pause. Er hörte ein Rascheln und war sich nicht sicher, ob er noch mit etwas rechnen konnte oder ob das, was er hörte, schon zum Vorgang des Auflegens gehörte. Nach kurzer Zeit meldete sich die Stimme zurück und begann unvermittelt, eine Telefonnummer vorzulesen, die Bruno eilig notierte: »Rufen Sie sie selbst an und sagen Sie ihr, dass sie sich ruhig mal wieder bei ihrer Mutter melden kann.« Dann legte sie auf.

Verdutzt hielt Bruno den Hörer in der Hand. Die Reaktion von Rolfs Ex-Frau überraschte ihn. Er konnte sich zwar vorstellen, dass die Trennung unschön gewesen war. Rolf hatte einmal etwas in die Richtung angedeutet, aber das war schon Jahre her, weshalb Bruno nicht mit dieser Heftigkeit gerechnet hätte. Er glaubte nicht, dass die Frau bald einen Anruf von ihrer Tochter bekommen würde.

Bruno empfand es grundsätzlich als anstrengend zu telefonieren. Es war, als ob er sich mit einem Extraaufwand auf ein anderes Energieniveau hieven müsste, von dem er danach wieder auf sein eigentliches Gemüt zurückfiel. Um den nächsten Anruf hinter sich zu bringen, atmete er tief durch und tippte sofort die neue Nummer.

Eine junge Frauenstimme meldete sich, die absichtlich leise sprach, mit einem fragenden Unterton: »Vera Paulus?« Im Hintergrund hörte Bruno lautes Stimmengewirr. Sie musste in einer großen Menschenmenge sein. Er konnte sich förmlich vorstellen, wie sie sich von der Gruppe wegdrehte. Tatsächlich stand sie, als ihr Mobiltelefon klingelte, mit zwei Kolleginnen in der Hotellobby und begrüßte eine Gruppe von Tagungsteilnehmern, die drei Tage im Hotel verbringen würden. Sie trug eine blaue Stoffhose und ein blaues Jackett über einer weißen Bluse, hatte die Haare, streng nach hinten gebunden und lediglich unauffälliges Make-up aufgelegt. »Immer zurückhaltend und nie auffälliger als der Gast sein«, das hatte ihre Ausbilderin immer gepredigt. Die Tagungsgäste waren aus der ganzen Welt angereist und schienen sich untereinander zu kennen. Jedenfalls begrüßten sie sich gegenseitig, als wären sie eine riesige Familie. Um nicht unhöflich zu wirken, ging sie mit dem Telefon hinter eine der großen

Säulen, die in Wahrheit Stuckattrappen waren, aber durch den Putz und die strenge Formgebung den Eindruck erweckten, als würden sie das gesamte Gebäude tragen.

»Guten Tag, Frau Paulus, mein Name ist Bruno Hartmann«, erwiderte er. »Kann ich kurz mit Ihnen sprechen?«

Sie konnte gerade nicht und ärgerte sich schon jetzt, dass sie das Gespräch angenommen hatte. »Ja, kein Problem«, sagte sie. »Um was geht es denn?«

»Ich habe mit Ihrem Vater zusammengearbeitet und ...«

»Moment. Mein Vater? Ich habe meinen Vater seit meiner Kindheit nicht mehr gesehen. Und wieso ,habe'? Was ist passiert?«

Bruno bereute, dass er so schnell angerufen hatte. Er hätte sich vorbereiten sollen: »Es tut mir leid, Frau Paulus. Ihr Vater ist bei einem Einsatz ums Leben gekommen.«

Am anderen Ende schlagartige Stille. Er fragte sich, was er erwartet hatte? Auf das einsetzende Schweigen war er jedenfalls nicht vorbereitet, zumindest nicht darauf, dass es so lange dauern würde. Er war davon ausgegangen, dass irgendwelche Fragen kommen würden, an denen er sich entlanghangeln konnte. Stattdessen dehnte sich das Schweigen weiter aus. Und je länger es dauerte, desto lauter schien die Geräuschkulisse im Hintergrund zu werden. Fast hatte er den Eindruck, Vera Paulus würde darin untergehen.

Bruno wartete eine ganze Weile und versuchte, zu verstehen, was diese Nachricht bei ihr bewirken musste. Doch als ihn die Unruhe zu ärgern begann, weil sie ihn von seinen Gedanken ablenkte und davon, was er ihr eigentlich sagen wollte, gab er Vera den Beerdigungstermin durch und sprach ihr sein Beileid aus. Er war sich nicht sicher, ob er die richtigen Worte gefunden hatte. Aber er war froh, dass er es hinter sich gebracht hatte, dass er seine Pflicht erfüllt hatte. Langsam löste sich seine innerliche Verkrampfung auf.

KAPITEL 4

Veras Absätze bohrten sich in den Kies, der auf den Wegen zwischen den Gräbern aufgeschüttet war. Feiner grauer Staub legte sich auf ihre schwarzen Wildlederschuhe, die sie zuvor noch sorgfältig geputzt hatte. Sie war sich noch immer nicht ganz im Klaren darüber, ob sie hier völlig privat war oder eine offizielle Funktion erfüllte oder ob irgendetwas von ihr erwartet wurde, von dem sie noch nicht einmal wusste, dass es ihre Aufgabe sein könnte. Und wenn sie es nicht wusste, dann würde sie es mit Sicherheit falsch machen. Ein vages Szenario mit unbekannten Konsequenzen. Doch obwohl sie sich selbst gut zuredete und sich sagte, dass sie erwachsen war und hier stand wie alle anderen auch, fühlte sie sich angreifbar. Die Ungewissheit und die Unklarheit strengten sie an. Genau das war es, was sie an ihrer Arbeit im Hotel besonders mochte: die klaren Regeln. Um zumindest äußerlich keine Angriffsfläche zu bieten, hatte sie letztlich eine schwarze Kombination gewählt, die ihrer Hoteluniform nicht unähnlich war und in der sie sich offiziell und vor allem sicher fühlte. Fast zum Trotz hatte sie sich aber dafür entschieden, die Haare offen zu lassen, dezent Lippenstift aufzulegen und ihren Lieblingsschmuck zu tragen – einen einzelnen goldenen Armreif, dessen Ring nicht ganz geschlossen war. Sie fühlte sich gerüstet.

Als der Kollege ihres Vaters sie angerufen hatte, hatte es seltsam lange gedauert, bis sie registriert hatte, was passiert war. Bis sie die Verbindung zwischen dieser Nachricht und der nicht enden wollenden Zeit, in der sie ihren Vater vermisst hatte, gehasst hatte, getrauert und resigniert hatte, bis zu dem Zeitraum zurückverfolgte, als sie noch ein kleines Kind war. Bis sie ihn vor sich sah, auf einem Schnappschuss, der sie mit ihm an einem Baggersee zeigte. Beide lagen sie auf Badetüchern in der Sonne, vor sich planschende fremde Menschen. Es war das einzige Bild, das sie von ihm hatte, außer ihrer Erinnerung, die heute, wenn er noch am Leben wäre, nicht mehr mit der Realität übereinstimmen würde. Wie oft hatte sie sich gewünscht, er würde einfach zur Tür reinkommen, einfach so, genauso wie er damals gegangen war. Jetzt gab es noch nicht einmal mehr die theoretische Möglichkeit dazu. Natürlich hatte sie versucht, ihn im Internet ausfindig zu machen, und erstaunlich viele Bilder von ihm gefunden. Blindgängerfund hier, Bombenentschärfung da, diese hässlichen Metallklumpen, immer in Katastrophenszenarien, immer im Ausnahmezustand. Doch trotz der Menge an Treffern konnte sie nichts mit der Information anfangen. Es war, als ob ihr Vater in der Fülle der fremdartigen Bilder verschwimmen würde. Und je länger sie auf den Bildschirm gestarrt hatte, umso mehr wuchs die Angst davor, genau zu wissen, wo er jetzt lebte. Mit Sicherheit hätte sie seinen Wohnort leicht herausfinden können. Doch vor diesem letzten Schritt hatte sie zurückgeschreckt. Sie hatte unzählige Male versucht, sich vorzustellen, wie sie vor seiner Tür stehen und klingeln würde. Was, wenn er nicht aufmachen würde? Was, wenn er aufmachen würde und nichts mit ihr anfangen könnte? Durch die ständig kreisenden Gedanken war sie wie betäubt gewesen. Sie hatte sich vorsichtig an den Sockel der Säulenattrappe gelehnt und eine tiefe Erschöpfung gefühlt. Alter Schmerz war sichtbar geworden, als hätte er sich in ihr nur irgendwo versteckt und wäre vergessen worden. Jetzt löste er sich und begann wie eine Blase in einer Flasche aufzusteigen.

Der Friedhof lag am Waldrand. Nach Harz duftende, kühle Luft wehte durch die Bäume und legte sich wie ein dezent aufgetragenes Parfum über die kleinen hügeligen Flächen, die übersät waren mit Grabsteinen und Kreuzen, vor denen üppiger Blumenschmuck gepflanzt war. Auf einigen Gräbern lagen Steinplatten, meistens auf Gemeinschaftsgräbern. Vera rührte die Geste, dass sich Ehepaare noch im Tod nebeneinanderlegten, aber sie wehrte sich gegen dieses Gefühl. Sie wollte das hier hinter sich bringen und ließ den Blick weiter den Hügel entlangschweifen, wo sie eine kleine Gruppe ausmachte, auf die sie zulief. Für einen kurzen Moment fragte sie sich, ob es sich dort tatsächlich um die Beerdigung ihres Vaters handelte. Was, wenn sie sich zu einer völlig fremden Beerdigung stellen würde?

Sie war spät dran, aber nicht zu spät. Am Rand des ausgehobenen Grabs standen einige Leute. Eine kleine Frau, neben einer Reihe von Männern. Einer war sehr groß und überragte den Rest der Gruppe. Sie registrierte eine ruckartige Bewegung an ihm, ohne der Wahrnehmung Beachtung zu schenken. Alle trugen dunkle Kleidung, aber keiner hatte einen Anzug an. Und alle wirkten, als würden sie zusammengehören. Es mussten die Kollegen ihres Vaters sein. Sie betrachtete die Frau und suchte nach etwas, das ihr unsympathisch war. Hatte ihr Vater erneut geheiratet oder hatte er eine Lebensgefährtin? Ihre Mutter war nicht gekommen. Dass sie es nicht einmal jetzt gut sein lassen konnte! Allerdings war sie auch froh darum, dass sie nicht anwesend war. Am Ende wäre es wieder ihre große Show geworden oder sie hätte sich über die Leute hier lustig gemacht, so genau konnte man das nie wissen. Vera fragte sich, warum ihr das überhaupt etwas ausmachte, denn je näher sie kam, desto mehr registrierte sie, dass sie nicht dazugehörte. Das Gefühl, fremd zu sein, entzündete einen Funken Wut in ihr. Sie war wütend, dass sie sich wieder einmal als Außenstehende empfinden musste, wütend darüber, dass sie ihrem Vater nachgelaufen war, bis hierher, wütend, dass er sich nie gezeigt hatte. Sie spürte das gewaltige Loch, das seine Abwesenheit gerissen hatte.

In diesem Moment war dieses Loch so präsent, dass sie seine scharfkantigen Ränder ertasten, seine Tiefe ausloten und seine ganze Hässlichkeit fühlen konnte. Aber letztlich war es doch nur ein Funke, der weder die Kraft hatte, die Dunkelheit darin zu erhellen, noch einen Brand auszulösen. Es gelang ihr nicht, wirklich wütend zu sein. Der Anflug von Trauer, den sie beim Anblick des Doppelgrabs hatte und von dem sie insgeheim gehofft hatte, er würde sich vielleicht in ein echtes, intensives Gefühl verwandeln, wurde nur zu einer blassen Traurigkeit. Eine Traurigkeit über ihr eigenes Leben.

Die ernsten Gesichter der Männer machten sie betroffen. Er musste Freunde gehabt haben. Sie fragte sich, welcher derjenige war, der sie angerufen hatte.

Als Bruno sah, wie Vera auf die Gruppe zulief, war er beeindruckt von der Stärke, die er an ihr wahrnahm. Es war eine erkämpfte Stärke und es imponierte ihm, wie sie alleine auf die Gruppe zuging, in der er stand und der er sich doch nicht ganz zugehörig fühlte. Sie wirkte geradlinig und trotz ihrer Größe zierlich. Er gab sich Mühe, sie nicht anzustarren. Als sie der Gruppe und ihm näherkam, wäre er am liebsten unsichtbar geworden, zumal sie sich direkt neben ihn stellte. Ihre Schönheit machte ihn so verlegen, dass ihm das Blut ins Gesicht schoss und er zu schwitzen anfing, als ob er einen Zünder herausdrehen würde. Er versuchte, Haltung zu wahren, um sich vor den anwesenden Kollegen keine Blöße zu geben. Aber je mehr er es versuchte, desto mehr baute sich Unruhe in ihm auf. Als sein rechter Arm mitsamt Schulter zu zucken anfing, senkte er den Kopf – ein kläglicher Versuch, sich zu verstecken.

Der Pfarrer begann mit der Zeremonie, aber Bruno hörte nicht hin. Die Hände vor dem Schoß gefaltet, strich er sich mit dem Daumen über den Handrücken. Die monotone Bewegung auf seiner Haut beruhigte ihn. Sein Blick folgte

den beiden aufeinanderliegenden Halbkugeln des Weih-
rauchfasses, die an einer langen silbernen Kette baumel-
ten und leise vor sich hin klingelten. Durch die Löcher in
der oberen Halbkugel strömte der dicke, würzige Rauch,
und wenn die Kugel am Gewand des Messdieners zurück-
schwang, zeigte sich ein kleines Stückchen der roten Koh-
lenglut, auf der die Weihrauchkörnchen verbrannten.
Bruno war in Gedanken wieder bei der Entschärfung. Er
sah Rolf vor sich, der in der Grube stand und starr zu ihm
herüberblickte. Er sagte irgendetwas, aber Bruno konnte
es nicht verstehen. Dann verschwand Rolf in einem Feuerball. Aber in Brunos Erinnerung war da keine Explosion.
Kein Laut. Nichts. Rolf war einfach weg. Um die Stelle, wo
er eben noch gestanden hatte, brannten weit verstreut
kleine Klümpchen, als wären Kerzen aufgestellt worden,
und der Geruch von TNT lag wieder in der Luft.

Plötzlich hörte er in der monotonen Rede des Pfarrers
seinen Namen. »... mit Bruno Hartmann, seinem langjährigen Partner und Freund, dem wir alle die Kraft wün-
schen, seinen Verlust und dieses Erlebnis zu bewältigen.«
Er fühlte sich, als ob er ins Rampenlicht gezerrt worden
wäre und hielt den Blick auf den Boden fixiert, registrierte
aber sehr wohl, dass Vera ihn ansah.

Der Sarg wurde mit einem schnarrenden Geräusch der
Seile abgelassen und stieß schlingernd an die Wand des
ausgehobenen Grabs. Ein dumpfer, tiefer Ton drang aus
dem Loch, der Bruno aufhorchen ließ. Er sah noch einmal
den Feuerball unter der sich aufwölbenden Erde vor sich.
Bis jetzt hatte er Rolf einfach vermisst. Die Möglichkeit,
seinen Freund bei einem Unfall zu verlieren, war immer
nur theoretisch da gewesen. Er hatte den Gedanken daran
einfach verdrängt. Und als ob eine Blase durchstochen
worden wäre, wurde ihm schlagartig bewusst, dass er
noch etwas anderes verdrängt hatte. Von Rolf war so gut
wie nichts übriggeblieben. Sein Freund hatte im Zentrum

einer Explosion gestanden, die einen vier Meter tiefen und fünfzehn Meter breiten Krater gerissen hatte. Trotzdem hatte Bruno sich an der Vorstellung festgehalten, Rolf als Toten in einem Stück im Sarg liegen zu sehen, vielleicht mit einem sehr blassen Gesicht und im Schoß gefalteten Händen. Aber bei einer Explosionshitze von über 3.000° Celsius hatte sich Rolfs Körper mit großer Wahrscheinlichkeit in Luft aufgelöst. Er war einfach weg. Die Ironie lag darin, dass die Kollegen ihn trotzdem im Sarg beerdigten, weil alle wussten, dass Rolf panische Angst davor hatte, nach dem Tod verbrannt zu werden. Bruno versuchte, die unangenehmen Gedanken daran zu verscheuchen, ob überhaupt etwas von Rolf in der Kiste lag, die gerade in die Tiefe rumpelte.

Vera war 7 Jahre alt gewesen, als ihr Vater sie verlassen hatte. »Und nur fürs Protokoll«, sagte sie innerlich zu sich: »Er hat mich verlassen und nicht umgekehrt.« Sie erinnerte sich noch genau daran, wie traurig und verletzt sie gewesen war. Nein, eigentlich stimmte das nicht. Sie war einfach völlig außer sich gewesen und hatte die Welt nicht mehr verstanden. Er hatte in der Tür gestanden und sie noch angesehen, mit einem Blick, den sie bis heute nicht deuten konnte, der sich aber umso mehr in ihr Gedächtnis eingebrannt hatte. Ein Bild, das sie oft verfluchte, weil sie bis heute keine Abschiede ertragen konnte. Jemanden durch eine Tür gehen zu sehen, löste Panik bei ihr aus. Die Panik davor, dass derjenige nicht wiederkommen würde und sie die Ursache dafür war. Plötzlich fühlte sie sich sehr kindlich und hoffte inständig, dass man ihr das nicht ansah. Aber trotz allem stand sie hier, in ihren eigenen Augen pflichtbewusster, als ihr Vater es jemals gewesen war.

Beim Ablassen des Sargs stieg ihr der Weihrauch in die Nase und benebelte sie leicht. Als sie sah, dass der Sarg schwankte und mit einer Seite an die Grabwand schlug, dauerte es einen kurzen Moment, bis sie aus dem hohlen Klang schloss, dass er leer war. Augenblicklich war Zorn und Wut in ihr. Darüber, dass er noch nicht einmal bei seiner eigenen Beerdigung dabei war. »Wie konsequent kann man sich eigentlich verdrücken?«, dachte sie sich. Erst dann registrierte sie, was das Geräusch bedeutete. Erst dann konnte sie sich bildlich vorstellen, was geschehen war. Davor hatte sie fast zwanghaft versucht, jedes Gefühl fernzuhalten. »Er ist zerfetzt worden«, schoss es ihr in den Kopf. Augenblicklich wurde ihr schlecht, und ihr Körper schien jede Standfestigkeit zu verlieren. Es kam ihr vor, als wäre sie auf einmal sehr leicht. Sie spürte, wie sie schwankte, und ihr war, als würde sie bereits fallen, ohne etwas dagegen tun zu können, als sie plötzlich von einer kräftigen Hand gehalten wurde.

Bruno hatte die ungewöhnliche Bewegung aus dem Augenwinkel wahrgenommen und ihr instinktiv unter die Arme gegriffen. Sie stand jetzt so nah bei ihm, dass er ihre Haare und ihr Parfum riechen konnte. Er selbst war völlig überrumpelt von der plötzlichen Nähe, die durch die anhaltende Berührung entstand, obwohl er selbst die Hand ausgestreckt hatte. Wärme stieg in ihm auf. Ein Gefühl wie ein unverhofftes Versprechen und wie eine Erinnerung, an etwas so Altes, dass Zweifel an deren Echtheit aufkamen. Am liebsten hätte er sie immer im Arm behalten.

Doch als er registrierte, dass er nicht nur sie stützte, sondern sich selbst an ihr festhielt, sich fast festklammerte, kam er sich merkwürdig vor. Verstohlen blickte er umher, aber niemand hatte registriert, was für ihn offensichtlich war. Er zuckte. Ein Reflex auf den immer gleichen Auslöser. Beim ersten Mal war es wie in Zeitlupe. Dann noch einmal stärker, ruckartiger. Die Bewegung, die quer durch seinen Körper lief, wie ein gefangener Blitz, rüttelte Vera aus ihrem dumpfen Schwächezustand. Mit Blick auf ihren Arm nickte sie ihm zu, worauf er sie abrupt losließ. Er fühlte sich zurückgestoßen, was Unsinn war, zumindest, wenn er seine Gedanken in Logik hüllte. Und er wusste, dass seine Reaktion, die ihn wie der Rückschlag eines Bolzens traf, nicht richtig war. Trotzdem wurde er das saure Ätzen, das es in ihm verursachte, einfach nicht los.

Die Kollegen stellten einen Kranz am Grab auf. Auf einer Schleife stand neben einer stilisierten Munitionskugel: »Bei strenger Pflicht, getreu und schlicht – Deine Kameraden«. Einer nach dem anderen ließ mit einer kleinen Schippe Erde auf den Sarg fallen, der jedes Mal laut dröhnte.

Bruno drehte sich um und ging. Seine Kollegen und auch Vera glaubten, die Zeremonie hätte ihm zu sehr zugesetzt – weil er so eng mit Rolf befreundet war oder weil der Unfall, bei dem er schließlich dabei war, noch zu präsent vor ihm lag. In Wahrheit floh er vor der Nähe, die zu Vera Paulus entstanden war. Eine Nähe, die ihn magisch anzog und gleichzeitig panisch abschreckte.

Er saß in der Stube des Lokals, in dem der Leichenschmaus stattfinden sollte, und war sich nicht ganz sicher, ob Vera Paulus auch noch kommen würde. Jedenfalls wäre sie die einzige Angehörige. Er hatte sich ein Bier bestellt und genoss die warmen Farben der Buntglasfenster, die den Raum in ein beruhigendes Licht tauchten. Er mochte das Lokal. Am runden Stammtisch stand ein riesiger Aschenbecher mit einer geschmiedeten Halterung, an der eine Glocke hing. Allerdings war nicht mehr so viel los wie in früheren Zeiten. Hier war schon lange keine Zigarette mehr ausgedrückt worden, und genauso lange war die Glocke nicht mehr angeschlagen worden, die signalisierte, dass jemand eine Runde ausgeben wollte.

Die anderen kamen zusammen und drängten zur Tür herein. Erik kam gemeinsam mit Vera Paulus und deutete mit einer kleinen Handbewegung in seine Richtung. Erik und die Kollegen setzten sich an einen anderen Tisch, als sie sahen, dass Vera auf Bruno zuging. Sie hatte sich fast gedacht, dass das der Mann war, der sie angerufen hatte. Auf einmal hatte sie das Gefühl, ihn irgendwie zu kennen, obwohl sie Bruno heute zum ersten Mal sah. Er hatte ein markantes Gesicht und wirkte trotz seiner Statur – er war bestimmt über 1,90 m groß – zurückhaltend und etwas verloren. Seine muskulösen Unterarme lagen auf dem Tisch, und beide Hände wirkten gegenüber dem Glas, das er umfasste, riesig. Seine Erscheinung hatte etwas Urwüchsiges.

Als sie am Tisch vor Bruno stand, fragte sie: »Darf ich mich zu Ihnen setzen?«

»Ja, sicher«, antwortete er.

Sie streckte ihm eine Hand entgegen und sagte: »Vera Paulus. Ich glaube, wir haben telefoniert. Danke übrigens, dass Sie mich aufgefangen haben.«

Bruno nickte. Er wusste nicht, was er sagen sollte. Sie machte ihn verlegen, und ihr ebenmäßiges Gesicht zwang ihn fast, sie anzustarren. Aber er spürte auch deutlich, dass es sich anders anfühlte, sie in seiner Nähe zu haben, als noch wenige Minuten zuvor auf dem Friedhof. Jetzt, wo sie sich ihm zugewandt hatte, kam es ihm vor, als wäre er hinter einem Vorhang vorgekommen. Es war ihm unangenehm, dass er sich nicht verstecken konnte, aber er bemerkte, dass die Distanz, die er üblicherweise zu anderen wahrnahm, kleiner war als sonst. Und genau das erschreckte ihn mehr, als er sich eingestehen wollte.

Für Vera war Bruno wie der Schlüssel zu ihrem Vater. Sie hatte erfahren, dass beide eine halbe Ewigkeit zusammengearbeitet hatten und dass der Mann, der vor ihr saß, bei der Explosion dabei gewesen war. Sie versuchte sich die Situation vorzustellen, wie es sich anfühlen musste, aber so sehr sie sich konzentrierte, es entstanden keine Bilder. Wie fühlte man sich mit der Erfahrung, eine Explosion überlebt zu haben? Konnte man ein solches Erlebnis überhaupt teilen? Sie beschloss, ihn nicht darauf anzusprechen und auch nicht darauf, dass er sich so schnell von der Beerdigung entfernt hatte, und sagte: »Sie haben lange mit meinem Vater zusammengearbeitet, oder?«

»Ja, das stimmt. Wirklich lange«, antwortete Bruno und merkte sofort, dass er am Rand ihres Problems stand. Warum hatte er auch noch betonen müssen, dass es »wirklich« lange war. Er hatte sich das nie richtig vor Augen geführt, aber Fakt war, dass er Rolf näher gewesen war als seine eigene Tochter.

»Wie war er?«

»Er war ein sehr herzlicher Mensch. Vor allem ein begnadeter Witze-Erzähler. Wenn er hier wäre, hätte sich schon lange irgendjemand vor Lachen in die Hosen gemacht.« Er wusste nicht, woher er den Mut für so etwas wie Humor genommen hatte, und hoffte inständig, ihr nicht zu nahe getreten zu sein.

Ohne es kontrollieren zu können, schwappte ein einziger, heller Laut aus ihr heraus. Ein Lachen, das sofort in eine kurze heftige Traurigkeit überging, die sich fast zu einem Schluchzen verstärkte, bevor sie sich sofort wieder fing. Sie war froh, dass es einen Menschen gab, von dem sie etwas über ihren Vater erfahren konnte, und fasste schnell Vertrauen zu Bruno, nicht wissend, dass er dafür wesentlich länger brauchen würde. Sie fand ihn interessant, obwohl sie es verwunderlich fand, dass ein Mann, der täglich mit dem Tod konfrontiert war, derart schüchtern war. Doch im Gespräch war er klarer, als der nervöse äußere Eindruck vermuten ließ.

Unvermittelt fragte sie ihn: »Hatte mein Vater eine Lebensgefährtin oder eine Frau? Hatte er Kinder?« Kaum hatte sie die Frage gestellt, wurde ihr bewusst, wie angespannt sie war. Je nach Antwort hatte sie das Gefühl, nahe an einem hysterischen Anfall zu sein.

»Nein, er hat allein gelebt«, antwortete Bruno und sah ihr die Erleichterung an. Er verschwieg ihr, dass Rolf die Frauen durchaus angezogen hatte, auch wenn sich nie etwas Ernstes daraus entwickelt hatte. Er hatte gerne geflirtet. Aber das war im Moment wahrscheinlich nicht die passende Information für seine Tochter. »Er hatte ein Haus. Nicht weit von hier«, schob er ablenkend nach.

»Und was passiert damit?«

»Keine Ahnung. Wollen Sie es sich einmal ansehen?«

Vera blickte ihn an und zögerte. Sie erinnerte sich daran, wie sehr sie es geliebt hatte, als Kind an verlassenen Orten zu sein. Sie erinnerte sich an ein kleines gemauertes Häuschen, das in der Nähe des Bahnhofs auf einer freien Fläche stand. Es bestand nur aus einem einzigen winzigen Raum. Die Tür war offen. Irgendjemand musste gegen das Schloss getreten haben, bis es herausgebrochen war. Jedenfalls war der eiserne Türgriff verbogen. Im Inneren stand rostiges Werkzeug von den Gleisarbeitern. Fremdartige Geräte, deren Bedeutung sie nicht verstand und die sie doch gerne betrachtete. Sie hatte sich oft vorgestellt, wie es wäre, selbst mit den Männern auf den Gleisen zu stehen und etwas zu reparieren. Jeder Griff war wichtig. Jeder wusste, was zu tun war, während auf beiden Seiten voll beladene Züge an ihnen vorbeidonnerten. An drei Seiten des Häuschens waren kleine Fenster angebracht, die von dichtem, dunklem Staub überzogen waren und in deren Ecken Spinnweben hingen. An einer Stelle war ein dreieckiges Stück Glas herausgebrochen. Diese kleine Fläche gab den Blick auf die Gleise und eine Verladerampe frei. Auf der anderen Seite konnte sie durch das vom Staub verschmierte und fast undurchsichtige Glas auf den Weg sehen, der zum Bahnhof führte. Wenn sie hier stand, liefen die Passanten an ihr vorbei, ohne zu ahnen, dass sie beobachtet wurden. Durch den Staubschleier wirkten sie wie Silhouetten, die durch einen bevölkerten Traum liefen. Vera erinnerte sich an das aufregende Prickeln, das sie in diesen Momenten durchlief. Doch die Vorstellung, das Haus ihres Vaters zu betreten, erschreckte sie mehr, als wäre sie damals entdeckt worden. Plötzlich hatte sie Angst, das zu erfahren, wonach sie immer gesucht hatte, wonach sie sich die Jahre, in denen er abwesend war, so sehr verzehrt hatte.

Sie sah in das Gesicht von Bruno Hartmann, unter dessen oberflächlicher Nervosität sie Stärke und Sicherheit wahrnahm. So viel Sicherheit, dass sie es wagte: »Würde es Ihnen etwas ausmachen, mich dorthin zu begleiten?« Sie registrierte, dass er zögerte und dabei war, sich innerlich schon wieder zu entfernen, so dass sie ihre Bitte, kurz bevor sie ihn verlor, abschwächte: »Nicht jetzt sofort. Vielleicht nächste Woche?«

Wie um seine offensichtliche Unsicherheit zu überspielen, sagte er: »Klar, sehr gerne.«

KAPITEL 5

B runo war morgens immer der Erste bei der Arbeit und kam jeden Tag zur gleichen Zeit an. Er stellte sein Auto auf dem kleinen Parkplatz vor dem Gebäude ab, in dem der Kampfmittelbeseitigungsdienst untergebracht war, und lief auf die Eingangstür zu. Der ganze Bau, der sich unauffällig am Rande des Industriegebietes einordnete, atmete den Geist einer nüchternen Beamtenstube. Direkt neben der Tür stand ein markanter Aschenbecher, der aus der Hülle einer Mörsergranate gefertigt worden war – der einzige Hinweis auf die Tätigkeiten, die sich hier abspielten, und auch der einzige Hinweis auf eine gewisse Todesverachtung derer, die hier arbeiteten.

Pünktlich, zehn Minuten vor sieben Uhr, schloss er auf und schaltete das Licht ein. Die Neonröhren, die an kleinen Ketten von der Decke hingen, gingen mit zitterndem Blinken an und tauchten den Flur und die davon abgehenden Büros geräuschvoll in nüchternes, helles Licht.

Er sah durch die Glasfront in sein Büro. Gegenüber von seinem Schreibtisch hatte Rolf gesessen. An einer Pinnwand hinter Rolfs Stuhl hingen Zeitungsausschnitte von einigen Entschärfungen. Auf den meisten Bildern waren sie beide zu sehen. Immer vor einem Blindgänger – und einer von ihnen hatte meistens einen ausgedrehten Zünder in der Hand. Das war das Motiv, das die Journalisten am liebsten sehen wollten.

Zum ersten Mal wusste er bei der Arbeit nicht so recht, was er mit sich anfangen sollte. In der Zeit bis zum Wochenende, an dem er Vera wiedersehen würde, kreisten seine Gedanken permanent und ausschließlich um sie. Auf eine Art genoss er es, sich in diesen Gedanken an ihr ebenmäßiges Gesicht und den Duft ihrer Haare, ihre Art zu reden und sich zu bewegen zu verlieren. Gleichzeitig fragte er sich, warum sie sich gerade für ihn interessieren sollte. Und war es nicht reichlich schräg, sich auf der Beerdigung des besten Freundes in dessen Tochter zu verlieben? Oder sogar unredlich?

Und dann war auch noch ausgerechnet diese Woche eine der seltenen, in denen kein einziger Einsatz stattfand. Er verbrachte seine Tage im Büro, was nicht nur ungewöhnlich war, sondern auch zermürbend, da den ganzen Tag irgendjemand um ihn herum war. Um allein sein zu können, zog er sich ins Archiv zurück und stürzte sich in die Auswertung von altem Fotomaterial.

Das Archiv war ein kleiner Raum am Ende des Flurs, in dem sich das Bombenabwurfgedächtnis des Zweiten Weltkriegs befand. In den Regalen und Schränken, die den Raum bis auf die Fläche eines kleinen Schreibtischs komplett einnahmen, lagerten abertausende von Aufnahmen. Es mussten weit über 300.000 sein. Jede einzelne davon war während des Kriegs von einem Piloten der Alliierten in großer Höhe geschossen worden, um nach einem Angriff die Wirksamkeit der eingesetzten Waffen so lückenlos wie möglich zu dokumentieren. So sollte der Bombenkrieg immer weiter perfektioniert werden. Und jedes Jahr wurden weitere Militär-Luftbilder aus Archiven in England und den USA zugekauft.

Bruno und seine Kollegen waren für Nordrhein-Westfalen zuständig – eines der am stärksten bombardierten Gebiete in Deutschland. Trotz der riesigen Gesamtfläche gab es für fast jeden Punkt auf der Landkarte zwischen 200 und 300 Aufnahmen. Mit der richtigen Kombination konnte man die Zerstörung einzelner Orte oder ganzer Landstriche wie einen Kurzfilm ablaufen lassen.

Mit der Auswertung des Bildmaterials versuchten er und seine Kollegen die Blindgänger ausfindig zu machen, die heute noch im Boden lagen. Von den rund 700.000 Tonnen Sprengstoff, die während des Zweiten Weltkriegs allein über seinem Einsatzgebiet abgeworfen worden waren, waren das immerhin zwischen 5 und 15 Prozent. Die nächsten 200 Jahre würden er und seine Kollegen jedenfalls nicht arbeitslos werden, denn so lange würde es wahrscheinlich dauern, um den Boden vollständig zu dekontaminieren.

Auf dem kleinen Schreibtisch stand eine Lupe mit winzigen Standfüßen, wie eine einäugige Brille auf kleinen Stelzen, und außerdem eine monströs wirkende Lupe, mit einem Glas so groß wie eine Untertasse an einem Teleskopstativ. Bruno blickte auf das vor ihm ausgebreitete Foto, doch seine Gedanken waren bei Vera und es gelang ihm noch nicht, sich zu konzentrieren. Er sah nur ein Meer von kleinen Punkten, Felder, eine Ortschaft. Das gesamte Bild blieb verschwommen, als ob es sich nicht zeigen wollte.

Die Berührung auf der Beerdigung schoss ihm in den Kopf. Er schaute auf seinen Arm, als könnte er die Wärme, die Veras Arm hinterlassen hatte, noch einmal erzeugen, wenn er sich nur lange genug konzentrierte. Die Nähe hatte sich genau richtig angefühlt, und doch sagte ihm eine Stimme im Hinterkopf, dass er verrückt sein musste, wenn er auch nur ansatzweise daran glaubte, dass sie sich für ihn interessieren könnte. Vielleicht, nein, sogar sicher, fand sie ihn merkwürdig. Wahrscheinlich war sie sogar abgeschreckt. Bestimmt hatte sie sein Zucken bemerkt. Er schnaufte verächtlich. Er war einfach ein Sonderling. Trotzdem nahm die Erinnerung an sie seine gesamten Gedanken ein. Sie brauchte jemanden, der ihr etwas über ihren Vater erzählte. Er hatte eine Funktion. Und obwohl ihn dieser Gedanke schmerzte, fand er es beruhigend, immerhin diese Aufgabe zu haben. Und letztlich sah er sich Rolf gegenüber in der Pflicht. Vielleicht konnte er ihn seiner Tochter näherbringen. Eine Pflicht, die er gerne annahm.

Auf dem Flur vor dem Archivraum waren Stimmen zu

hören. Erik begrüßte lautstark Martin, der am Wochenende seinen Geburtstag gefeiert hatte. Die Kollegen waren
alle eingeladen gewesen, auch Bruno. Er war aber nicht
hingegangen. Er drückte sich meistens vor Einladungen,
war aber trotzdem nicht erleichtert, sondern fühlte sich
schlecht mit seiner Entscheidung. Die Kollegen unterhielten sich über die Feier und Erik meinte: »Ehrlich, als dein
Nachbar den Schnaps rausgeholt hat, da war's für mich
Zeit zu gehen.« In seiner Stimme lag Bedauern über die
Gewissheit, dass er etwas verpasst hatte. »Wie lange habt
ihr noch gemacht?«

Bruno hörte nicht weiter zu. Nie fühlte er sich mehr als
Außenseiter, als wenn seine Kollegen sich über die Wo-
chenenden mit ihren Familien unterhielten oder von den
Feiern mit den Nachbarn und Treffen mit Freunden be-
richteten. Er hatte absolut nichts dergleichen zu berich-
ten und hoffte, dass ihn keiner fragte, was er an einem
sonnigen Samstag gemacht hatte. Ob er mit den Kumpels
gegrillt hatte oder mit der Clique auf Tour war oder ob es
ihm vergönnt war, von all den sozialen Verpflichtungen
einen halben Tag Auszeit zu nehmen? Er konnte nicht weiter vom Leben entfernt sein, als wenn er sie reden hörte,
und fragte sich, ob er überhaupt noch in der Lage war, in
Gesellschaft zu sein. Konnte man so etwas eigentlich ver-
lernen?

Dann hörte er, wie Eriks Stimme leiser wurde.

»Ist er da?«, fragte er.

»Ja, hinten im Bildarchiv und macht Auswertungen.«

»Wie geht's ihm?«

»Bin mir nicht sicher. Er stürzt sich in die Arbeit, wahrscheinlich das Einzige, was ihn ablenkt.«

Bruno hörte Schritte näherkommen. Erik steckte den
Kopf herein, blieb aber im Türrahmen stehen.

»Morgen Bruno. Alles klar bei dir? Wie geht's dem
Bein?«

Auf die Verletzung angesprochen, spürte er wieder den kleinen Schnitt, den der Bombensplitter bei der Explosion an seinem Bein gesetzt hatte. Er hatte Glück gehabt. Genauso gut hätte der Splitter ihn töten können. Es war purer Zufall, dass er noch lebte. Aber darüber machte er sich keine Gedanken. Es war mehr die jetzige Situation, die ihn beschäftigte. Dass man nach ihm fragte wie nach einem Patienten oder einem Sonderling, um den man sich Sorgen machen musste. Dass er Rolf vermisste, als wäre ihm etwas herausgerissen worden, und dass er sich wünschte, Vera wäre hier, und gleichzeitig schon beim Gedanken daran flattrig wurde. Bruno nickte Erik zu und sagte: »Schon ok, Erik. Danke.«

Trotz allem fand er es nett, dass Erik und die Kollegen sich nach ihm erkundigten. Ein Minimum an Halt, der verhinderte, dass er von seinen Gefühlen, die von allen Seiten an ihm zerrten, zerrissen wurde. Am schlimmsten war es für ihn, dass seit der Beerdigung alle seine Gedanken mit Vera Paulus anfingen und wieder aufhörten. Plötzlich war da eine Fülle, durch die ihm sein bisheriges Leben wie eine gewaltige Ansammlung von Leere und Einsamkeit vorkam. Am liebsten hätte er alles in ein Gefäß gestopft und weggeworfen, wie eine Handgranate.

»Sag Bescheid, wenn du etwas brauchst oder wenn wir etwas für dich tun können«, sagte Erik.

Bruno nahm die Lupe mit den Standfüßen und beugte sich tiefer über das Luftbild. Er war gut darin, die kleinen Details zu lesen, die wichtig waren, um noch heute verborgene Blindgänger zu finden, und es beruhigte ihn, dass er sich bei der Arbeit auf sich selbst verlassen konnte. Das Foto zeigte Feldflächen in der Nähe einer Eisenbahnlinie. Vereinzelt waren am Rand des Bildes Häuser zu erkennen, die nach einem Abgleich mit heutigen Karten vermutlich mitten in bebauten Wohngebieten lagen. Das Fleckchen Erde war übersät mit kreisrunden Punkten von unter-

schiedlichen, aber recht gleichförmigen Durchmessern –
Zeichen für bereits explodierte Bomben. Die schwarzen
Punkte waren aller Wahrscheinlichkeit nach Brandbomben. Daneben gab das Bild preis, was sich hier am Boden
sonst noch abgespielt hatte. Gezackte Linien wiesen auf
Laufgänge an alten Verteidigungslinien hin. Alte Flak-
stellungen und Panzergräben waren zu erkennen. Vereinzelt konnte er Schützenlöcher ausmachen. Hier war ein
Wimpernschlag des Krieges festgehalten, der ihm half,
die Bedrohung, die heute noch von ihm ausging, auf-
zuspüren. Er suchte nach blasseren Punkten ohne den
breiten Durchmesser. Dort war die nicht explodierte Ab-
wurfmunition zu vermuten, oder zumindest in der Nähe.
Durch die Wucht der tonnenschweren Massen hatte sich
die Gefahr jedoch ihren eigenen Weg durch die Tiefe ge-
bohrt und war, je nach Beschaffenheit des Bodens, weiter
entfernt vom Einschlagsort zum Stillstand und zur vor-
übergehenden Ruhe gekommen. Die Bedrohung war allerdings genauso aktuell wie zur Sekunde des Abwurfs.
Der Sprengstoff war intakt. Die Zerstörungswut war hell-
wach und wartete hinter ihrem Metallkäfig nur darauf,
losgelassen zu werden, sich zu zeigen und alles mit sich
zu reißen, was sie greifen konnte.

Kapitel 6

Da Vera tagsüber noch bei einem Empfang eingeteilt war, hatte sie sich mit Bruno auf 18 Uhr verabredet. Sie wollte ihn abholen und dann gemeinsam mit ihm zum Haus ihres Vaters fahren. Bruno war schon nach dem Frühstück aufgeregt und ab 17 Uhr lief er wie ein an Hospitalismus leidendes Zootier in immer gleichen Bahnen durch die unteren Räume – von der Küche über den Flur ins Wohnzimmer, spähte immer wieder hinter dem Vorhang nach draußen und ging wieder zurück. Seine Gedanken waren umstellt von negativen Vorzeichen. Wie konnte er nur so blöd sein, zu glauben, dass sie tatsächlich kommen würde? Wann immer er Motorengeräusche hörte, ging er schneller zum Fenster, nur um zu sehen, dass irgendjemand am Ende der Straße sein Auto wendete und direkt vor dem Haus wieder beschleunigte.

Er hatte sich seine Anzughose angezogen und ein weißes Hemd gebügelt, hatte sich, wie in einer unpassenden Haut gefangen, unruhig vor dem Spiegel beäugt und für lächerlich befunden. Letztlich tauschte er die Sachen gegen eine Jeans, in der er sich wohlfühlte. Die, bei der die Nähte der vorderen Hosentaschen von seinen Handknöcheln mit der Zeit etwas aufgescheuert und weich waren. Dazu hatte er sich ein Kurzarmhemd aus dem Schrank genommen. Er stand noch vor dem Spiegel, als ein Motor zu hören war, der vor dem Haus abgestellt wurde. Plötzlich hatte er das Gefühl, die Zeit wäre ihm davongelaufen und er müsste noch irgendetwas sehr Wichtiges erledigen, das er nicht benennen konnte.

An der Stelle, an der früher Rolf geparkt hatte, stand ein Citroën C3 in ausgeblichenem Hellblau, der, kleineren Beulen und Kratzern nach zu urteilen, schon einiges mitgemacht hatte. Vera stieg aus und blickte zum Haus.

Instinktiv machte er einen Schritt zurück in den Raum und merkte, wie er schwerer atmen musste, als er sie auf dem kleinen Weg durch den Vorgarten auf das Haus zulaufen sah. Als wäre ihm die Handlungsoption gerade erst wieder eingefallen, dachte er daran, einfach so zu tun, als ob er nicht zuhause wäre, und wartete, während er in die Stille lauschte, die nach dem Klingelton einsetzte. Dabei sah er durch die Glasbausteine neben der Haustür Veras verschwommene Silhouette. Sein Blick fiel auf seine eigenen Umrisse im Spiegel der Garderobe. Seine Schultern waren so breit, dass der schmale Spiegel nur einen Ausschnitt seines Brustkorbs zeigte, und plötzlich kam er sich vor, als hätte er sich selbst ertappt. Er dachte an Rolf, von dem er wusste, dass er seine Tochter vermisst hatte, auch wenn er es nur ab und zu hatte anklingen lassen. Bruno drückte die Klinke der Haustür und atmete tief ein, während er die Tür öffnete. Als er über die Schwelle zu ihr hinaustrat und die Tür hinter sich zuzog, roch er, wie sich ihr Parfum, das nach warmen Blüten und Tee roch, über den schweren Geruch nach Erde legte, der aus dem Keller kam, und fühlte sich, als ob ihn ein Windstoß davontragen könnte.

Bruno stieg auf der Beifahrerseite ein. Sein Gewicht drückte die weiche Federung des C3-Modells zusammen, so dass sich das Auto leicht nach rechts neigte. Vera stieg ebenfalls ein und musste schmunzeln.

Sie nahm den schmalen Grat zwischen Ordentlichkeit und Nachlässigkeit an ihm wahr. Seine Kleidung war nicht besonders modisch, aber ordentlich. Er war gepflegt. Nur die Halbschuhe müssten mal wieder gefettet werden. Das Leder war ziemlich rissig. Sie selbst achtete penibel auf ihre Schuhe. Dafür sah es in ihrer Wohnung aus wie Sau – so hatte es ihr Exfreund zumindest zusammengefasst, der nicht damit klarkam, dass sie überall, wo sie stand, etwas liegen ließ. Es gefiel ihr, dass Bruno, auch ohne auf Mode zu achten, recht gut aussah, und vor allem fand sie es reizvoll, dass es ihm ganz offensichtlich vollkommen egal war. Von eitlen Männern war sie fast schlagartig gelangweilt.

Bruno registrierte, dass sie ihn anlächelte, hatte aber nicht nur Mühe, seine Beine zu verstauen, sondern auch damit, beschäftigt zu wirken, um seine Verlegenheit zu kaschieren. Er deutete auf die Einmündung am Ende der Straße und sagte: »Wir müssen erst mal nur geradeaus. Da vorne dann rechts.«

Es war offensichtlich, dass es ihn Überwindung kostete, in ihrer Nähe zu sein. Aber sie registrierte auch, dass er sie mochte. Es war die Art, wie er es vermied, sie beim Fahren anzusehen, und doch nicht den Eindruck vermitteln wollte, als würde er wegsehen. Bruno war in Gedanken bei ihr und er war sich im Klaren darüber, dass sie das wusste. Genau das war das Problem. Er konnte sich nicht verstecken.

Die Straße zog sich in engen Linien durch den Wald und führte zu einem höher gelegenen Ort. Die Sonnenstrahlen, die durch die Bäume fielen, blendeten sie, und die enge Straße forderte ihre ganze Konzentration. Für einen Moment hatte sie vergessen, weshalb sie überhaupt unterwegs waren, und begonnen, die Fahrt selbst zu genießen, als Bruno unvermittelt mit dem Zeigefinger über das Lenkrad deutete und meinte: »Da hinten ist es. Man kann es von hier aus schon sehen«.

Vera wurde nervös. Alleine wäre sie niemals hierhergekommen. Aber wenn es so gewesen wäre, dann hätte sie das Auto mit Sicherheit an der Straße abgestellt. Sie hätte sich die Möglichkeit offengelassen, vielleicht doch noch ungesehen umkehren zu können. Da Bruno mitgekommen war, wollte sie sich nicht Fragen aussetzen, die sie ausufernd beantworten müsste. Sie parkte in der Einfahrt.

Das Haus lag am Ortsrand. Direkt dahinter fingen bereits die Felder an. Bruno stieg aus, ging zielstrebig auf die Haustür zu und schloss auf. Vera blieb einen Moment zögernd an der Autotür stehen. Plötzlich ging ihr alles viel zu schnell. Ihr ganzes Leben lang hatte sie ihren Vater vermisst. Sie wusste so gut wie nichts über ihn und es hatte Momente in ihrem Leben gegeben, da hätte sie alles dafür gegeben, um ihm nahe sein zu können. Jetzt fragte sie sich, ob es nicht besser gewesen wäre, unwissend zu bleiben. Etwas ängstlich hatte sie den Eindruck, gerade Teil eines Films zu sein, der unerbittlich ablief und dem sie sich nicht mehr entziehen konnte. Aber sie war nicht allein hier. Auf eine ruhige Art gab ihr der Mann, der sie begleitete, Sicherheit, auch wenn er nicht den Eindruck erweckte, sich selbst sicher zu fühlen.

Als sie auf die geöffnete Haustür zuging, überzog sie dasselbe Prickeln wie früher, als ob sie wieder in das kleine Häuschen am Bahnhof gehen würde, in dem sie sich als Kind so gerne verborgen hatte und dessen Funktion sie nie ganz verstanden hatte. Dort hatte sie Zugang zu einer Welt, die sie nur an diesem Ort wahrnehmen konnte. Sie brachte einen besonderen Schmerz mit, der nur in diesem Ein-Zimmer-Häuschen Raum hatte. Der Schmerz des Alleinseins und der Einsamkeit. Hier war er nicht so scharf und schneidend wie zuhause, sondern weicher, wie verdünntes Gift. Hier konnte sie dieses Gift in kleiner Dosis zulassen, ihre Verletzlichkeit und ihre Verletztheit spüren, die sie an diesem Ort aufgeregt und euphorisch machte. Hier war sie für beflügelnde Momente ganz.

Das Haus ihres Vaters strahlte eine unmittelbare Verbindung zur Vergangenheit aus. Nicht die tiefe Vergangenheit wie zerfallene Ruinen. Mehr die jüngere, über der noch keine anheimelnde Patina lag, und vor allem nicht irgendeine. Es war ihre eigene, vermischt mit der Gegenwart, als ob sie in der Schule wäre und ein Lehrer ihr ein Buch über sie selbst in die Hand drücken würde. Faszinierend und erschreckend zugleich. Trotzdem blieb sie distanziert. Sie war erwachsen. Sie wollte nichts über sich selbst lernen.

Bruno legte seinen Schlüsselbund und sein Handy auf das Deckchen neben dem Telefon im Flur. Er wartete, bis Vera hereingekommen war, und ging dann durch die Räume, um die Rollläden hochzuziehen. Er war froh, dass er sich beschäftigen konnte. Was hätte er ansonsten tun sollen? Sich neben sie stellen? Sich in der Küche herumdrücken? Vielleicht sollte er ihr den Garten zeigen. Rolf hatte seinen Garten gemocht.

Vera stand im Wohnzimmer und wurde von einer Welle an Eindrücken überrollt. Sie spürte, wie die neue Umgebung förmlich auf sie einströmte und sie unweigerlich und ungefiltert alles in sich aufsaugte. Es passierte einfach. Sie wollte alles wissen, aber sich gleichzeitig auch dagegen wehren. Sie wollte sich schützen und war doch hilflos. Aus allen Ecken des Hauses hörte sie Bruno die Rollläden hochziehen, kraftvoll, aber nicht laut, sondern irgendwie respektvoll – ihrem Vater gegenüber, aber auch ihr gegenüber. Sie wünschte, Bruno stünde neben ihr oder wäre zumindest im selben Raum.

Sie ging, den entstehenden Lichtfeldern folgend, durch die Räume, angezogen vom kühlen, staubigen Geruch nach alten Büchern und dem Duft sorgsam gehüteter Sauberkeit. Wohin sie auch blickte, war alles reinlich und aufgeräumt. Von ihrem Vater hatte sie ihre Unordentlichkeit jedenfalls nicht. Im Wohnzimmer stand neben einem kleinen Sofa ein Ohrensessel, an dessen Lehne sie sehen konnte, wo der Kopf ihres Vaters gelegen hatte, wenn er vor dem Fernseher eingeschlafen war.

Im Wandregal standen der komplette Brockhaus und gebundene Ausgaben zahlreicher Klassiker. Untrügliche Bildungszeichen einer anderen Generation. Daneben waren in einer quadratischen Abstellfläche, umrahmt von Büchern, fremdartige metallene Gegenstände aufgereiht, die sie genauer betrachtete. Sie nahm einen heraus und begutachtete das Objekt. Mit Blick zu Bruno, der ins Wohnzimmer gekommen war, fragte sie: »Was ist das hier?«, und hielt ihm den Gegenstand entgegen. »Das ist ein Zünder. Ziemlich ausgefeiltes technisches Konstrukt«, antwortete Bruno. Da sie nicht sofort reagierte, fühlte er sich zum Weiterreden animiert: »Wenn der Mechanismus, den Sie in der Hand haben, auslöst, setzt der Sprengstoff um.« Vera sah ihn fragend an. »Also, dann explodiert die Bombe«, vereinfachte er. Sie sah ihn traurig an und stellte den Gegenstand wie ein Museumsstück zurück. Bruno war froh gewesen, mit Fachwissen auf sicherem Gebiet zu sein, und musste erkennen, dass genau das Gegenteil der Fall war. War das jetzt unsensibel? Sollte er etwas sagen? So etwas wie: »Entschuldigen Sie«? Oder musste er irgendetwas tun?

Er folgte ihr auf ihrem Weg durch das Haus. Die Hände hinter dem Rücken verschränkt betrachtete sie Bilder, die Rolf aufgehängt hatte. Eines fiel ihr besonders ins Auge. Es war ein professionell geschossenes und gerahmtes Foto. Jemand schüttelte ihrem Vater die Hand und überreichte ihm etwas, das in die Kamera gehalten wurde. Der Anlass sah sehr offiziell aus. Vera betrachtete ihren Vater und meinte, aus seinem Gesichtsausdruck herauslesen zu können, dass er sich etwas unwohl fühlte, als ob ihm die Aufmerksamkeit zu viel wäre. Sie war sich aber nicht sicher, ob sie mit dieser Einschätzung richtiglag, immerhin hatte sie ihn nicht gekannt und hatte keine Ahnung von den Feinheiten seiner Mimik. Dennoch war es offensichtlich, dass er stolz war. Sie bewunderte ihn dafür, dass er unverkennbar in einer Sache aufgegangen war. Der makabre Aspekt an diesem Gedanken wurde ihr erst kurz darauf bewusst.

»Rolf hat das Bundesverdienstkreuz bekommen«, sagte Bruno. Vera beugte sich etwas vor, als ob sie in einer Ausstellung wäre. Sie wollte nichts mehr berühren. Ohne etwas zu sagen, ging sie weiter. Bruno wurde bewusst, dass die Welt, in der er sich bewegte und die ihm Sicherheit gab, für Vera offensichtlich keinerlei Bedeutung hatte.

Sie konnte sich nicht erinnern, wann sie das letzte Mal eine so ordentliche Küche gesehen hatte. Die Arbeitsflächen waren aufgeräumt. Ein Geschirrtuch hing an einem blumenförmigen Haken, der auf einer der grün-gemusterten Kacheln klebte. Die Filterkaffeemaschine stand wie eingeparkt neben der Steckdose, der Stecker abgezogen und das Kabel einmal um den Standfuß gewickelt.

An die Kühlschranktür waren, auf den ersten Blick willkürlich, einige kleine Fotos mit Magneten gepinnt, von denen einige größer waren als die Bilder selbst. Es war die erste Stelle im Haus, die nicht vollkommen akkurat war. Noch bevor sie nahe genug war, um Details zu erkennen, sah sie, dass es Schnappschüsse von einem Kind waren. Unvermittelt und heftig traf sie ihr Schmerz, als wäre nur ein Knopf gedrückt worden und sie hätte keine andere Wahl, als auf eine einzige Art zu reagieren und zornig zu sein. Wie konnte er es wagen, abzuhauen und dann hier nochmal Kinder zu haben! Sie ging näher und ihr Zorn verstummte so schnell, wie er gekommen war. Es waren Bilder von ihr selbst. Bilder, die sie noch nie gesehen hatte, die ihrem Leben neue Facetten verliehen. Auf einem hatte sie sich selbst sofort wiedererkannt. Ihre Mutter hatte auch Fotos von ihr als Kind, sogar welche von denselben Tagen. Der Unterschied lag darin, dass diese Bilder bei ihrem Vater wie eine Hälfte ihres Lebens eine Daseinsberechtigung hatten. Sie hingen hier, sichtbar, waren Teil von etwas, während die andere Hälfte bei ihrer Mutter in alten Schuhkartons im Schrank lag. Auf dem Foto unter dem baggerförmigen Magneten war sie ungefähr zwei oder drei Jahre alt. Sie saß in einem aus Brettern selbst zusammengebastelten Sandkasten. Ihre Mutter musste das Foto aufgenommen haben. Ihr Vater strahlte stolz und sichtlich fröhlich in die Kamera, während sie mit einer kleinen Kinderschaufel auf ein mit Sand gefülltes Förmchen hämmerte.

Vera konnte es nicht fassen, dass sie ein Bild von sich hier fand, als ob sie ein Teil seines Alltags gewesen wäre. Tränen liefen ihr über die Wangen und wollten nicht mehr aufhören zu fließen. Es war, als ob ein Vorhang aufgezogen worden wäre und sich die Distanz zwischen damals und heute einfach auflöste. Am liebsten wäre sie noch einmal aufgefangen worden.

Bruno stand in der Küche und schob seine Hände tief in die Hosentaschen. Er hatte das Gefühl, sie in den Arm nehmen zu müssen. Das wäre bestimmt das Richtige in dieser Situation. Er war sich aber nicht hundertprozentig sicher, was dann passieren würde, und blieb im Raum stehen wie ein Fragezeichen.

Vera erinnerte sich daran, wie ihr Vater sie verlassen hatte. Damals hatten sie noch alle zusammen in Heidelberg gewohnt. Ihre Mutter, ihr Vater und sie selbst. Sie hatte in ihrem Zimmer gelegen und schon geschlafen, als sie die lauten Stimmen ihrer Mutter und ihres Vaters gehört hatte. Sie hatte nichts Schlimmes gemacht. Dann war es abrupt still gewesen. Sie hörte, wie ihr Vater auf ihr Zimmer zuging. Die Tür ging auf, er kam herein und setze sich auf die Bettkante. Verschlafen setzte sie sich auf und er nahm sie in den Arm. Dann war er aus der Tür gegangen und hatte sie noch einmal angesehen, bevor er die Tür hinter sich zugezogen hatte. Seitdem war er weg.

Sie hatte seinen Gesichtsausdruck nicht deuten können, als sie ihn das letzte Mal gesehen hatte. »Es ist ihm alles zu viel geworden«, antwortete ihre Mutter meistens, wenn sie nach ihrem Vater fragte. Vera wusste nicht, was das bedeutete. Für sie war klar, dass sie schuld war – auch wenn sie sich nicht erklären konnte, auf welche Art genau. Was sie genau wusste und genau kannte, war das große Loch, das sein Fehlen gerissen hatte. Sie wusste, wie sich die wabernden Ränder dieses Lochs bewegten, welchen Klang es hatte und welcher Sog von ihm ausging. Sie wusste, wie hohl sie sich selbst fühlte, wenn sie seine Tiefe abmaß, und welche Farbe die Tage hatten, wenn sie es im Spiegel sehen konnte.

Als Bruno sie fragte, ob sie sich in den Garten setzen wollten, kam es ihr vor, als müsste sie von irgendwoher zurückkommen. Aber es war eine gute Idee, an die frische Luft zu gehen, selbst in der immer noch körperlich anstrengenden Abendhitze. Sie ging voraus und Bruno brachte wie selbstverständlich Wasser und Gläser aus der Küche. Er setzte sich zu ihr und sah sie an. Sie nahm wahr, dass er sich am liebsten verstecken würde. Und doch war er hier und strahlte etwas Beständiges aus, das ihr Sicherheit vermittelte. Sie war froh, dass er bei ihr war, und fühlte sich zu ihm hingezogen.

Sie goss in beide Gläser Wasser und überlegte sich, ob sie sich für ihren Gefühlsausbruch entschuldigen sollte. Aber aufgrund der Vertrautheit, die sie in so kurzer Zeit zu ihm gefasst hatte, sagte sie zu Bruno, ohne ihn anzusehen: »Ich weiß nicht, was das soll.«

Bruno blieb das Herz stehen. Er hatte es verbockt. Erschrocken suchte er nach einer Antwort, einer Erklärung oder einem Fluchtweg. Der Grund war ihm nicht klar, aber er war schon auf der Flucht. Doch noch bevor er antworten konnte, fuhr sie fort: »Er hat mich doch verlassen? Er ist gegangen und wollte nichts mehr mit mir zu tun haben, weil ihm alles zu viel war mit uns. Und jetzt hängen hier Bilder von mir, als ob nie etwas gewesen wäre.«

Erleichtert bemerkte Bruno, dass nicht er gemeint war. Sie redete, um ihre Gedanken zu sortieren. Er hatte damit gerechnet, dass sie vielleicht weinen würde, aber er war nicht wirklich darauf vorbereitet gewesen. Überrascht erkannte er, dass ihre Version der Dinge überhaupt nicht stimmte – zumindest nicht aus seiner Perspektive. Aber ihm wurde klar, dass sie sich damit, dass ihr Vater nicht für sie da war, unglaublich gequält haben musste, und sich ihre eigene Version zu ihm und zu ihrer Geschichte zurechtgelegt hatte.

Er sah sie an: »Rolf hat oft von Ihnen gesprochen. Er hat Sie sehr vermisst.«

»Das ist doch Blödsinn«, platzte es aus ihr heraus, und sie war sich sofort darüber im Klaren, dass es ihn verschrecken würde. Verwundert registrierte sie, dass er sich nicht beirren ließ, in diesem Moment noch nicht einmal zuckte.

»Nein, das ist kein Blödsinn. Ich habe Rolf sehr lange gekannt. Ich weiß, dass er immer wieder versucht hat, Kontakt zu Ihnen aufzunehmen. Aber alle Briefe an seine frühere Frau sind zurückgekommen und alle Anrufe sind ins Leere gelaufen.« Bruno wusste nicht, wann und warum Rolf aufgehört hatte, nach ihr zu suchen. Wahrscheinlich hatte er sich irgendwann mit der Realität abgefunden. War ihm daraus ein Vorwurf zu machen?

Vera schaute Bruno an und konnte nicht glauben, was sie hörte. Und sie wollte nicht glauben, dass sich in diesem Moment alles ändern sollte. »Der hat sich doch einfach nur verdrückt und danach eine Ausrede gesucht«, kam ihr in den Kopf, aber sie sagte es nicht. Doch ein kleiner Teil von ihr wollte glauben, was Bruno sagte. Was, wenn es stimmte?

Sie schüttelte den Kopf und atmete geräuschvoll aus. Vielleicht war es keine so gute Idee gewesen, hierherzukommen. Es rührte sie, dass er Bilder von ihr aufbewahrt hatte. Aber sie war inzwischen 48 Jahre alt, verdiente ihr eigenes Geld, stand im Leben, kam klar. Sie wollte nicht, dass sie die Eindrücke, die hier auf sie einströmten, so mitnahmen. Sie wollte nicht gerührt sein. Und sie wollte nicht in Berührung kommen mit dem kargen Leben ihres Vaters, den merkwürdigen Dingen, die es prägten, den Bomben, die auf unzählige Arten überall präsent waren. »Ich würde gerne wieder fahren«, sagte sie.

Als sie aufbrechen wollten, war es schon Abend geworden. Die Sonne stand tief und Bruno war überrascht, wie schnell die Zeit, die sie in Rolfs Haus verbracht hatten, vergangen war. Er wagte es kaum zu denken, dass es Zeit war, die sie gemeinsam verbracht hatten, und wie abrupt die Gemeinsamkeit mit Vera zu Ende war. Er hatte keine Ahnung, was er dagegen tun sollte, dass er sie mit Sicherheit nicht mehr wiedersehen würde. Natürlich wusste er, dass er sie jederzeit wieder anrufen könnte, doch mit welcher Begründung? Schon jetzt spürte er, wie die mühsam ertastete Nähe einer mächtigen Distanz wich. Während Vera noch draußen saß – sie wollte nicht mehr ins Haus –, ging er durch die Räume und ließ die Rollläden wieder herunter, auch wenn niemand mehr hier war, der die Kühle im Sommer zu schätzen wusste. Auf dem Weg zur Küche sah er, dass sein Mobiltelefon blinkte.

Er blickte nach draußen, wo Vera gedankenverloren in den Himmel blickte, während er das Telefon am Ohr hatte und die Nummer zurückrief. Eingehüllt in die Stille des Hauses erwartete Bruno, ein Freizeichen zu hören, und erschrak, als das Gespräch sofort abgenommen wurde und eine Stimme, die gegen einen ohrenbetäubenden Lärm anschrie, versuchte, zu ihm vorzudringen.

»Bruno, Mann. Wir erreichen dich nicht. Wo steckst du?«

Er erkannte die Stimme von Frank und sah ihn direkt vor sich, mit seinen dichten Locken und dem Overall, den er immer anhatte, wenn er ihn mit dem Hubschrauber zu Einsätzen abholte. Frank Cramer war Pilot und so etwas wie die personifizierte gute Laune. Der Lärm kam

vom Motor und den Rotoren des Einsatzhubschraubers:
»Frank, ich bin bei Rolf. Was ist los?«

»Bei Rolf? Im Haus, oder was?«

»Ja, im Haus. Was ist denn los?«

»Ich bin über Köln. Hier wird schon evakuiert.«

Bruno dachte sofort an Vera und fragte: »Wo genau?«

Dafür, dass Frank ihn mit seinen Fragen fast beschossen hatte, entstand eine ziemlich lange Pause. »Direkt auf dem Gelände der Raffinerie.«

»Wie ist der Evakuierungsradius?«

»Bruno. Ich bin gleich da. Dann kommen die Details.«

»Sag mir, wie der Radius ist, verdammt«, sagte Bruno und war selbst überrascht, wie vehement er war.

»Wahrscheinlich mehr als zwei Kilometer, wegen des Kerosins. Wird aber noch diskutiert.«

In Gedanken bereits zwischen seinem Einsatz und der ungewohnten Sorge um einen anderen Menschen gefangen, sagte er, für Frank viel zu leise: »Alles klar. Bis gleich.«

Als Bruno auflegte, spürte er, dass Vera hinter ihm stand. Erst jetzt bemerkte er, dass er ebenfalls gegen den Lärm angeschrien hatte. Sie stand noch nicht lange da, nur wenige Sekunden, in denen sie ihn beobachtet hatte, ohne dass er es bemerkte. Während des Gesprächs hatte er in Richtung der Haustür geblickt und stand vollkommen aufrecht.

Bruno drehte sich um und sah Besorgnis in ihrem Gesicht. »Wo wohnen Sie eigentlich?«, fragte er.

Vera gefiel weder die Situation noch die Frage. Bruno klang plötzlich anders, klarer. Instinktiv registrierte sie mehr Bedrohung, als sie bewusst erfassen konnte. »In Köln«, antwortete sie. »Warum? Was ist los?«

»Wo genau?«

Eine kleine Pause entstand, in der sie danach zu suchen schien, wo sie eigentlich zuhause war, bis sie, resigniert wirkend, sagte: »Reiterstaffelplatz.«

Bruno zögerte: »In Köln gab es einen Blindgängerfund. An der Raffinerie. Genaueres weiß ich noch nicht. Ich denke aber, dass Sie vorerst nicht nach Köln zurückfahren können.«

»Aber die Raffinerie ist doch ewig weit weg von mir«, protestierte sie.

Bruno konnte die Lage selbst noch nicht richtig einschätzen. Er wusste, dass es durch die Tatsache, dass die Raffinerie im Spiel war, zu einer Ausnahmeentscheidung kommen würde, was den Evakuierungsradius anging. Er wusste, dass sie mit großer Wahrscheinlichkeit außerhalb dieses Bereichs wohnte. Er wusste aber auch, dass er Vera trotzdem auf jeden Fall daran hindern wollte, nach Köln zu fahren, egal in welcher Ecke der Stadt sie wohnte. Er wollte, dass sie hierblieb, wo er sie in Sicherheit wusste. Als würde er mit einem Journalisten sprechen, sagte er: »Es gibt einige Umstände, die dazu führen, dass der Evakuierungsradius etwas weiter gezogen wird. Das heißt, dass Ihr Zuhause mit großer Wahrscheinlichkeit im Gefahrenbereich liegt. Außerdem ist die Evakuierung schon in vollem Gang. Die Straßen werden bereits gesperrt. Selbst wenn Sie wollten, würden Sie heute nicht mehr zu Ihrer Wohnung kommen. Es werden in solchen Fällen immer Übergangsunterkünfte eingerichtet, aber wenn Sie nicht in einer Turnhalle schlafen wollen, dann bleiben Sie am besten hier.«

»Hier?« Vera hörte erst, nachdem sie reagiert hatte, wie empört sie klang. »Und Sie? Werden Sie die Entschärfung durchführen?«

»Ja, ich werde gleich abgeholt.«

Plötzlich und ohne bewusstes Zutun ließ Veras Körper die angestaute Anspannung los, als ob er selbst entschieden hätte, dass es keinen Sinn mehr machte, Kraft aufzubringen. Nicht wie bei der Beerdigung. Nicht dass sie sich schwach fühlte. Es war einfach keine Energie mehr für

Widerstand vorhanden. Sie hatte Angst davor, ihn gehen zu lassen und auch davor, allein hier zu sein.

Der Hubschrauber war lange zu hören, bevor Bruno und Vera ihn sehen konnten. Die Sonne war noch nicht ganz untergegangen und das Geräusch der Rotoren flatterte über den Wald. Als er auf dem Feld hinter Rolfs Haus landete, dachte Vera daran, wie oft ihr Vater wohl hier abgeholt worden war, ohne sich eine Zahl auszumalen. Es war vielleicht einfach Normalität für ihn gewesen, so wie für Bruno offensichtlich auch.

Sie sah ihm nach, wie er mit ruhigen Schritten auf den Hubschrauber zuging. Seit dem Anruf und der Nachricht von seinem Einsatz wirkte er ruhiger. Als er die Kabinentür öffnete, bemerkte sie, dass er seitdem kein Anzeichen von Nervosität gezeigt hatte.

Wie immer, wenn Türen geschlossen wurden, bekam sie einen Anflug von Panik. Sie registrierte Brunos Blick, der auf ihr lag, während der Hubschrauber direkt wieder aufstieg. Ihr Herz zog sich zusammen. Es war nicht sicher, dass sie sich wiedersahen, vielleicht sogar unwahrscheinlich.

Bruno blickte in ihre Richtung. Der Wind der Rotorblätter zerrte an ihrer Kleidung. Er genoss es, in seiner Funktion aufgehen zu können. Ab hier war es von Bedeutung, dass er da war, zumindest bis der Job erledigt war. Aber er hatte auch das Gefühl, etwas unerledigt zurückzulassen. Er überlegte noch, ob er winken sollte. Doch bevor er sich entscheiden konnte, zog der Hubschrauber rasend schnell in die Höhe und er hatte Mühe, sie weiter neben dem Haus auszumachen. Als er die Hand hob, war sie schon nicht mehr zu sehen und er war sich nicht sicher, ob er tatsächlich ein Winken von ihr gesehen hatte. Er meinte eine Bewegung bemerkt zu haben, was sein Herz wild schlagen ließ. Doch schon als der Hubschrauber abdrehte und Bruno die Häuser unter sich aus dem Blick verlor, war es, als ob er schlagartig wieder in seine alte Welt zurückkatapultiert würde. »Mach dich nicht lächerlich«, dachte er bei sich. Warum sollte sich jemand wie sie für ihn interessieren?

KAPITEL 7

Unter ihnen dehnte sich der Wald aus, dessen unzählige Hügel und Senken, die bei Tag einem grünen Meer glichen, sich in der zunehmenden Nacht wie eine flache, ruhende Masse ausnahmen. Die angeleuchtete Ruine auf dem Drachenfels-Plateau lotste sie Richtung Rhein. Als der Wald hinter ihnen lag, flogen sie direkt über dem Fluss weiter, auf dessen schwarzer Oberfläche sich die Straßenlaternen der Uferpromenaden und die roten und grünen Positionslichter der Binnenschiffe spiegelten. Im Anflug auf Köln mischten sich zahlreiche blau blinkende Punkte in die geschäftigen Lichter der Stadt. Bruno konnte gut erkennen, wo bereits Straßensperren errichtet wurden und die Einsatzkräfte mit den Evakuierungsmaßnahmen begonnen hatten. Die Raffinerie wirkte im eng bebauten Stadtgebiet wie ein Fremdkörper. Die unzähligen Rohrleitungen, die wie ein organisches Geflecht auf der Fläche wucherten, sahen bei Nacht unwirklich aus, wie die futuristische Phantasie-Bebauung auf einem fremden Planeten.

Sie landeten nur wenige Meter neben den riesigen, gleichförmig angeordneten Öl- und Kerosin-Tanks, die von oben wie akkurate Kreise ausgesehen hatten, vom Boden aus aber eher wie riesige, pralle Ballons wirkten. Die grellen Flutlichtstrahler ließen die überdimensionalen Kugeln leuchten wie an einer Perlenschnur aufgereihte Monde.

Julius Blanck, der schon viele Einsätze mit Bruno und auch mit Rolf durchgeführt hatte, nahm Bruno in Empfang und führte ihn in Richtung der Baustelle. Im Gegensatz zur Raffinerie, die in grelles Licht getaucht war, lag der Ort, zu dem sie gingen, noch völlig im Dunkeln. Bruno konnte erkennen, dass dort größere Erdbauarbeiten im

Gange waren. Sie liefen auf einen Baucontainer zu, der in der Nähe einer Baustelle stand. Normalerweise besprach sich hier die Bauleitung, jetzt beherbergte der Container das eilig eingerichtete Lagezentrum. Lediglich aus einem einzelnen Fenster an der Längsseite des Containers und aus der angelehnten Tür drang Licht. Als Bruno zusammen mit Julius Blanck auf die Tür zuging, hörte er Stimmen. Er blinzelte und fühlte ein Aufwallen, das sich in einem einzelnen Zucken seiner rechten Schulter entlud. Julius zog die Tür auf und ging in den Container. Wortlos stellte er sich in den Raum neben die anderen Anwesenden. Erik war ebenfalls da und sah von einem Lageplan, der auf dem Tisch ausgebreitet war, zu Bruno auf. Neben ihm stand Conrad Zimmer, einer der langjährigen Kollegen, mit Lennart, der seit einigen Tagen neu dabei war, aussah, als ob ihm die Welt gehören würde, und für Brunos Geschmack meistens zu viel redete. Neben ihm standen noch zwei Leute vom Ordnungsamt, die Bruno nicht kannte. Außer Lennart, der einen verkniffenen und unterschwellig aggressiven Eindruck auf Bruno machte, waren alle angespannt. Es dauerte einen Moment, bis Bruno herausfand, was ihn an dem Bild so störte. Es war die Nervosität, die er normalerweise nur bei Personen wahrnahm, die evakuiert wurden, und ganz selten bei denjenigen, die ausschließlich für die Altmunitionssuche zuständig waren. Die Sucher hatten zwar ein gutes Auge und konnten in jedem noch so matschigen Dreckklumpen die kleinste Patronenhülse finden, aber mit der eigentlichen Entschärfung hatten sie nichts zu tun. Wenn es darum ging, der Gefahr wirklich zu Leibe zu rücken, kamen Leute wie Bruno ins Spiel – und die hatten ihre Nervosität normalerweise im Griff.

Irgendetwas war heute anders. Selbst Erik wirkte kleinlaut. Bruno hatte sich schon öfter gewünscht, Erik wäre einmal, wenigstens für kurze Zeit, weniger lautstark, aber er musste feststellen, dass es ihm jetzt, wo es so weit war, nicht gefiel. Bruno selbst registrierte eine Aufregung an ganz anderer Stelle. Alle schauten ihn an, und obwohl er wusste, dass sie auf ihn gewartet hatten, rechnete er mit Ablehnung und spürte, dass sich der Drang zu zucken, erneut in ihm aufbaute. Er versuchte, es zu kontrollieren, obwohl er wusste, dass es nicht funktionierte, und ärgerte sich über die ruckartige Bewegung seines Körpers, die ihn wirken ließ, als ob er vor sich selbst zurückschrecken würde.

Lennart starrte ihn unverhohlen an. Erik, der Bruno schon lange kannte, wandte sich direkt an ihn, als ob nichts geschehen wäre: »Hallo Bruno. Gut, dass du da bist. Ich fürchte, wir haben hier einen echt unangenehmen Fall.«

Bruno war erleichtert, dass Erik die Stille durchbrach und seine Eigenart einfach überging.

Lennart dagegen blickte die umstehenden Kollegen nach Bestätigung heischend an. Als diese ausblieb, wandte er sich an Conrad und flüsterte ihm zu: »Echt jetzt? Der soll die Entschärfung machen? Der ist doch selbst eine tickende Zeitbombe.«

Bruno hörte nicht, was Lennart gesagt hatte, registrierte aber die unverhohlene Feindseligkeit. Das Vibrieren in ihm wurde stärker und er fürchtete schon die nächste Welle, die Lennarts Bild von ihm bestätigen würde.

Conrad wandte sich an Lennart und sagte: »Pass mal auf. Am besten hältst du dich heute mal zurück. Auch wenn Bruno vielleicht einen anderen Eindruck auf dich macht, wenn es drauf ankommt, hat kein Einziger von uns die Nerven wie er.«

Erik setzte an, die Situation zu schildern: »Das Raffineriegelände soll erweitert werden. Bei den Erdbewegungsarbeiten ist ziemlich nah an den Gleisen, die zum Rangierbahnhof führen, ein Blindgänger aufgetaucht. Wir haben erst mal auf dich gewartet, um den Typ und die Art des Zünders zu identifizieren.«

Bruno sah Erik an und hob absichtlich gleichzeitig beide Schultern an, um Unverständnis zu signalisieren: »Wir finden jeden Tag Blindgänger – auch mal an einem Bahngleis. Was ist das Problem?«

»Das Problem ist, dass es ein ziemlich dicker Brocken ist und dass er auf einem Kerosinsee liegt.«

»Er tut was?« Eigentlich hatte er gedacht, dass lediglich die Raffinerie selbst das Problem darstelle.

Einer der Männer vom Ordnungsamt deutete auf die angeleuchteten »Monde« und sagte: »Vor einigen Jahren ist hier bei Wartungsarbeiten an Leitungen festgestellt worden, dass ein Teil des in den großen Tanks gelagerten Kerosins ausgelaufen ist und das über einen längeren Zeitraum hinweg. Durch die Beschaffenheit des Bodens ist das Kerosin nicht einfach ins Grundwasser gesickert, sondern hat sich angereichert, wie bei einem unterirdischen See. Bis heute ist nicht ganz klar, wie weit sich dieser See ausdehnt.«

Bruno hörte ruhig zu und sah den Mann fragend an. Mit einem Nicken deutete er an, dass er weitere Details hören wollte.

Erik sprang ein: »Damals sind weit über 500.000 Liter von dem Zeug ausgelaufen. Auch wenn eine große Menge abgepumpt werden konnte, ist immer noch ein riesiger Teil des Kerosins da. Der See erstreckt sich in tieferen Schichten vermutlich bis zu den angrenzenden Wohngebieten.« Erik machte eine kurze Pause und schob nach: »Außerdem ist der Blindgänger bewegt worden.«

»Verdammt, warum das denn?«, fragte Bruno gereizt und hatte sofort im Kopf, dass selbst bei kleinen Bewegungen die Gefahr bestand, dass die sensiblen und fein austarierten Mechanismen der Zerstörung, die Jahrzehnte geschlafen hatten, erfolgreich aufgeweckt worden waren.

Es war, als ob man sich zu einem bissigen Hund in den Zwinger setzen würde und ihn absichtlich reizte.

»Der Baggerfahrer hat ihn voll erwischt und mit einem der Zähne an der Schaufel auch einen kleinen Riss in der Außenhaut verursacht. Dabei hat sich der gesamte Bombenkörper bewegt.« Wieder eine Pause. Und als ob irgendjemand eine Erklärung benötigt hätte, sagte Erik: »Bruno, wenn hier was schiefgeht, sind wir alle im Arsch. Wenn das Ding auslöst und das Kerosin entzündet, fliegt uns halb Köln um die Ohren.«

Lennart lauerte darauf, nach den Ausführungen weitere Zuckungen zu sehen, wurde jedoch enttäuscht. Bruno hielt beide Hände vor seinem Bauch gefaltet und rieb sich mit dem linken Daumen über den rechten Handrücken. Es sah aus, als ob er sich selbst streicheln würde, was Lennart fast noch mehr entsetzte. Er war sich nicht sicher, ob er daran glauben sollte, dass der Kerl verrückt war. Aber wie sollte das gehen, mit solchen abrupten und unkontrollierten Bewegungen einen hochsensiblen Zünder auszudrehen? Wenn dieser Hartmann das wirklich durchziehen sollte, wollte er lieber weit weg sein.

Vera stand ziemlich verloren im Haus ihres Vaters und hatte noch immer Hemmungen, irgendetwas anzufassen. Sie fragte sich, ob ihr Vater sich hier manchmal auch verloren gefühlt hatte, oder allein?

Sie war erschrocken über sich selbst und darüber, wie heftig ihre Reaktion ausgefallen war, als Bruno in den Hubschrauber eingestiegen war. Wie plötzlich sie ihre alte Panik angeflogen hatte, die sie so oft bei früheren Freunden erlebt hatte. Ihr letzter Freund war häufig auf Geschäftsreisen, und jedes Mal, wenn sie sich verabschieden mussten, war sie aggressiv geworden. Wie ein fauchende Katze hatte sie mit ihm gestritten und sich schuldig gefühlt, kaum, dass er außer Sichtweite gewesen war. Sie hasste dieses Gefühl, das an ihr klebte, wie ein sichtbarer Makel. Sie fand sich dann selbst hässlich.

War sie Bruno gegenüber auch so gewesen? Sie hatten nicht gestritten, aber hatte sie ihn verschreckt, als sie so vehement »Hier?« gesagt hatte? Hatte sie ihr hässliches Gesicht gezeigt, als sie so deutlich offenbart hatte, dass sie sich nicht auf die Umgebung ihres Vaters einlassen konnte?

Sie war überrascht und beeindruckt, wie routiniert Bruno in den Hubschrauber eingestiegen war und wie plötzlich er in der Luft verschwunden war. Wie ein Schlag hatte sie das Bild ihres Vaters getroffen, der die Tür hinter sich zugezogen hatte. Sie hatte sich an seinen Blick erinnert. Etwas davon war auch in Brunos Augen. Und dann sofort das Gefühl, etwas falsch gemacht zu haben, das sie an nichts festmachen konnte. Im Streit hatte ihre Mutter immer gesagt: »Deinetwegen hat er uns verlassen. Es war ihm zu viel.« Genau das hatte sie immer gewusst, schon als kleines Mädchen, und dass ihre Mutter es erst spät und im Zorn sagte, war ihr Beweis genug dafür, dass es die Wahrheit war.

Sie ging an den Kühlschrank und sah sich die restlichen Bilder an. Auf einem schob ihr Vater den Kinderwagen. Es war ein sonniger Herbsttag und er trug eine Cordjacke und Hosen mit Schlag. Er war schlank und sah aus wie einer, der im Leben zurechtkam. Von ihr war im Kinderwagen nur eine weiße Mütze zu sehen und ein zerknautschtes Gesicht. Auf einem anderen Bild stand sie mit großen Augen vor einem Kuchen, auf dem drei ausgepustete, unterschiedlich schnell abgebrannte Kerzen standen. In ihrem Gesicht war glockenhelle Freude, wie sie nur Kinder empfinden können.

Als sie die Kühlschranktür aufzog, war sie erstaunt, wie gut ihr Vater für sich gesorgt hatte. Die Glasflächen, die den Raum teilten, waren vollgestellt mit Lebensmitteln, sogar gesunde Sachen. Joghurt, eine kleine Honigmelone, die Butter ordentlich in einer Butterdose, ein in Zeitungspapier eingewickelter Kopfsalat, der wohl bald in sich zusammenfallen würde. Was hatte sie erwartet? Bierflaschen und abgelaufene Milch wie im Film?

Ihre Mutter hasste es, zu kochen. Sie war Verkäuferin für Damenmode und bei einem kleinen Modehaus in Heidelberg angestellt. Wenn sie abends mit der Straßenbahn aus der Stadt zurückkam, hatte sie manchmal Wurst oder Käse für belegte Brote dabei. Mittags, wenn Vera aus der Schule kam, schloss sie die Wohnungstür auf, stellte ihren Schulranzen in ihr Zimmer neben ihren Schreibtisch, wo sie später ihre Hausaufgaben machen würde, und ging in die Küche. Mehr als ein riesiger Block Butterschmalz im untersten Fach des Kühlschranks, der nie kleiner wurde, ein kleiner Vorrat an Kaffeesahne und Marmelade waren selten da. Wenn Brot da war, dann schnitt sie sich eine Scheibe auf der Schneidemaschine mit der Handkurbel, wobei sie sorgfältig darauf achtete, dass die Finger der linken Hand, die das Brot führten, nicht in das Sägezahnmesser kamen. Dann strich sie Butter und etwas Marmelade darauf. Die aus Pfirsichen mochte sie am liebsten. Aber sie nahm nicht zu viel. Nur so viel, dass durch den dünnen Film die Butter noch zu sehen war. Ihre Mutter sagte oft, wenn sie Lebensmittel kaufen ging: »Du frisst mir wirklich die Haare vom Kopf.« Vera verstand nicht ganz genau, was das bedeutete, hörte aber sehr wohl heraus, dass ihre Mutter es schwer mit ihr hatte.

Sie schloss den Kühlschrank und ging ziellos durch das Haus, als würde sie nur eine kurze Zeit des Wartens überbrücken müssen und jeden Moment wieder abgeholt werden. Am Ende der Treppe zum ersten Stock lag auf der linken Seite das Schlafzimmer. In der Mitte des Raums stand ein Doppelbett, von dem allerdings nur eine Seite genutzt worden war. Sie erinnerte sich, wie sie mittags,

wenn sie nach der Schule alleine zuhause war, im Schlafzimmer ihrer Eltern gestanden hatte. Der Geruch ihres
Vaters hatte sich schon lange verflüchtigt. Die Nähe zu
ihren Eltern ging schleichend verloren und machte einer
kühlen Distanziertheit Platz, die ihr selbst nicht gefiel und
doch unaufhaltsam war. Ihre Mutter ließ keine Gelegenheit aus, ihr unter die Nase zu reiben, dass sie sich für sie
beide abrackern musste, und alles nur, weil ihr Vater sie
verlassen hatte. »Er hat uns hängen lassen, Vera. So ist es
und nicht anders.« Oft, wenn sie aus dem Fenster ihres
Kinderzimmers auf die Straßen sah, überlegte sich Vera,
wie es wäre, wegzugehen – vielleicht in den Wald – oder
sich in den Zug zu setzen und einfach wegzufahren. Aber
ihre Vorstellungskraft reichte nicht aus, sich auszumalen,
wie sie dann zur Schule kommen sollte, was sie anziehen
sollte. Sie empfand sich als eines der bösen Kinder, umso
mehr, je älter und je skeptischer sie ihrer Mutter gegenüber wurde.

Erst als Erwachsene spürte sie auf unbestimmte Art,
dass es nicht richtig war, sich schuldig zu fühlen, und
doch ließ es sich nicht abschütteln. Im Gegenteil. Das Gefühl wurde größer und größer, geradezu beherrschend.
Vor allem, wenn sie daran dachte, dass das Hotel, in dem
sie arbeitete, und ihre Kollegen zu ihrer Heimat geworden
waren, mehr noch, zu einer Familie. Eine Familie, die bei
allem Kommen und Gehen im Haus beständig blieb und
die sie doch nicht ganz an sich heranlassen musste. Mehr
Familie als ihre eigene. Bei diesen Gedanken wechselte
die Antwort auf die Frage nach ihrer Schuld so schnell
zwischen den Extremen, dass sie erschöpft ins Bett fiel
und sich in wirre Träume verstrickte. Es waren Träume,
in denen sie verfolgt wurde, unterging oder einfach nicht
mehr nach Hause fand. Wenn sie aus solchen Nächten auf-
tauchte, spürte sie, wie bei einem Phantomschmerz, dass
etwas fehlte, das eigentlich zu ihr gehören müsste.

KAPITEL 8

Sie ließen die hell ausgeleuchteten Flächen der Raffinerie hinter sich und liefen über die vor ihnen liegende Baustelle auf die Bombe zu. Von der frisch umgegrabenen Erde stieg ein einhüllender und stechender Kerosingeruch auf. Bruno fühlte die Besonderheit, die darin lag, die Entschärfung selbst durchzuführen und nicht nur zu assistieren oder bei den Vorarbeiten dabei zu sein. Zu wissen, dass er verantwortlich war, machte ihn klarer.

Conrad war vorausgelaufen und drehte sich um, als ob er sich vergewissern wollte, dass Bruno auch wirklich mitkam. Er kannte diesen Blick. In ihm lag das, was bei Brunos Einsätzen alles überstrahlte, warum er seinen Job liebte. Sobald er auf diesem Boden stand, flossen ihm Respekt und Autorität zu. Die Kollegen verließen sich in diesem Gefahrenmoment auf ihn und das erfüllte ihn. Das war seine Verpflichtung, die Sache ordentlich durchzuziehen, und zumindest für diesen Moment spürte er auch Erfüllung. Er war nicht so naiv, zu glauben, dass er deshalb gemocht wurde, aber es war nahe dran, und das genügte ihm. Zumindest war das bis jetzt immer so gewesen. In diesen Situationen hatte er sogar die Möglichkeit, seinen Handlungsspielraum zu erweitern. Als ob er einen weiteren Kreis um sich ziehen könnte, wissend, dass in diesem Moment alles, was er tat, akzeptiert werden würde.

Außerhalb der Entschärfungen hatte es Rolf gegeben. Noch immer kam es ihm vor, als ob er sich einfach in Luft aufgelöst hätte. Wenn er sich an die Situation erinnerte, in der Rolf verschwunden war, sah er sich selbst wie ein staunendes Kind, das zu einem großen Zauberer aufblickte und den Trick nicht verstand.

Rolf hatte ihm Stabilität gegeben, die auf einen Schlag weg war. Und jetzt war da plötzlich seine Tochter. Es versetzte ihm einen kleinen Stich, als er daran dachte, dass es an ihm gewesen wäre, ihr Stabilität zu geben. Stattdessen war er gehemmt und wie angewurzelt neben ihr stehengeblieben, als sie, wie vor den Kopf gestoßen, die Bilder aus ihrer Kindheit in Rolfs Küche gefunden hatte. Er hatte sich so sehr gewünscht, sie in den Arm nehmen zu können. Aber er war wie erstarrt gewesen und unfähig, sich aus einer Klammer zu befreien, die ihn mit eisernem Griff zu umfassen schien.

Er konnte sich nicht vorstellen, dass Vera irgendetwas mit seinem Beruf und dem ihres Vaters anfangen konnte. Und wenn dem wirklich so war, was blieb ihm dann noch? Bei seinen Einsätzen passierte es automatisch, dass die Leute Respekt vor ihm hatten, aber was sollte er tun, um ihre Anerkennung zu erlangen? Was, wenn sie ihn peinlich fand? Beim Gedanken daran, dass sie einfach wieder aus seinem Leben verschwinden könnte, fuhr es ihm in den Magen. Es fühlte sich an, als ob sich in ihm etwas aufstaute. Wie eine chemische Reaktion, bei der Druck entstand.

Er erinnerte sich daran, wie er mit Rolf seine erste Entschärfung durchgeführt hatte. Sie waren zum Einsatz in Koblenz gerufen worden. Spaziergänger hatten den rostigen Eisenklotz bei Niedrigwasser am Rheinufer entdeckt, nicht weit entfernt von der Innenstadt. Rolf hatte sofort bemerkt, dass Brunos Unruhe, die er in Gegenwart von anderen zeigte, an der Bombe abnahm, bis sie fast vollständig zum Erliegen kam. Rolf hatte noch von technischen Details erzählt, als Bruno seine Hand auf den Blindgänger legte und komplett ruhig war. Rolf hatte ihn lediglich angesehen und damals und auch später nie versucht, diesen Vorgang in Worte zu fassen. Ab da hatte er sich einfach darauf konzentriert, Bruno alles beizubringen, wie ein Lehrmeister. Und er hatte dafür gesorgt, dass Bruno in seinem Windschatten mitfahren konnte und sich in seiner Nähe auch mit anderen Menschen einigermaßen wohlfühlen konnte, soweit das Bruno überhaupt möglich war. Bruno selbst bemerkte schnell, dass er offensichtlich alles mitbrachte, was er für den Job benötigte. Außerdem brachte er ihm Anerkennung und Bestätigung ein. Mehr erwartete er nicht.

Die kleine Gruppe blieb vor einem rechteckigen, mit rotweißem Flatterband umrahmten Loch stehen. Erik sah zu Bruno, der aufschloss und jetzt mit den anderen am Grabungsrand stand. Die Wände waren recht steil ausgebaggert und der Geruch nach Kerosin war durch die Grabungstiefe noch extremer als über der restlichen Baustelle. Etwa vier Meter unter ihnen lag der Blindgänger. Nur wenige Zentimeter hinter dem Zünder war die frische Spur der Baggerschaufel zu sehen. Unterhalb des länglichen Eisenkörpers zeichnete sich die glatte Schleifspur in der dunklen Erde ab. Aufgrund der Eile waren keine weiteren Sicherungsmaßnahmen getroffen worden.

Bruno rutschte an einer Seitenwand hinunter in das Erdloch und stand direkt vor dem Zünder. Das war der Moment, ab dem er immer wie in einen Tunnel einstieg, Sicherheit gewann und ruhiger wurde. Seine Kollegen und die Leute vom Ordnungsamt warteten darauf, dass er die technischen Details durchgab, die den Verlauf des weiteren Vorgehens bestimmen würden. Aber er konnte sich nicht darauf konzentrieren. Üblicherweise war es nur ein bestätigender Blick auf den Zünder, alles andere hatte er schon von oben gesehen. Aber es war, als würde seine ganze Aufmerksamkeit wie von einem Magneten von seiner Aufgabe weggezogen werden.

Täuschte er sich, oder hatte Vera ihn merkwürdig angesehen, als er weggeflogen war? Es war ein langer Blick, fast beobachtend. Ein Blick, wie ihn nur Kinder wagen, oder jemand, der sich sicher ist, dass der andere einen nicht sieht. War da etwas, das Hoffnung versprach? Während er darüber sinnierte, traf ihn plötzlich eine Erinnerung, wie aus dem Nichts.

Das Haus lag in völliger Dunkelheit. Er war mitten in der Nacht von einem Geräusch aufgewacht, das er nicht einordnen konnte. Damals musste er um die fünf Jahre alt gewesen sein. Voller Angst hatte er die Füße auf den Boden gestellt, sich aber noch eine ganze Zeit lang an seinem Bett festgehalten, bis er sich dazu entscheiden konnte, das Zimmer zu verlassen und dem wimmernden Geräusch der Treppe nach oben zu folgen. Er wusste, dass die vorletzte Stufe bei den Erwachsenen knarrte. Er selbst war noch zu leicht, um ein Geräusch zu verursachen. So konnte er völlig lautlos vor das Schlafzimmer gelangen. Er hatte solche Laute noch nie gehört und fürchtete sich, traute sich aber nicht, das Licht anzuknipsen. Er öffnete die angelehnte Tür und sah, in blasses blaues Licht getaucht, seine Mutter, die sich unruhig hin- und herdrehte. Ihre schwarzen Haare waren zerzaust und klebten an ihrer nassen Stirn. Sie sagte etwas und jammerte. Immer wieder wirkte sie, als ob sie jeden Moment laut losschreien wollte. Bruno stand wie gelähmt in der Tür und wusste nicht, was er tun sollte. Er verstand nichts von dem, was er hörte. Sie sah so fremd aus. Er stemmte sich gegen den Drang zu weinen, den er in seiner Kehle spürte, als er an der Art, wie seine Mutter sich bewegte, bemerkte, dass ihr Schlaf leichter geworden war. Zaghaft hörte er, wie er »Mama?« in den Raum fragte. Sie schreckte auf und klappte mit dem Oberkörper ruckartig nach oben, so dass sie mit einem Schlag aufrecht im Bett saß. Bruno konnte nicht fassen, wie schnell das gegangen war. Ihr Gesicht glänzte. Noch bevor er einen zaghaften Laut formulieren konnte, schrie sie ihn aus der Dunkelheit heraus an: »Was glotzt du mich so an?« Bruno war so erschrocken von der Lautstärke ihrer Stimme, dass er nicht sofort wahrnahm, was sie gesagt hatte. Aber er fühlte einen körperlichen Schmerz, als ob ihn etwas getroffen hätte. »Hau ab!«, schallte ihm so laut entgegen, dass es ihm in den Ohren wehtat.

Er spürte die Hitze, die ihm ins Gesicht geschossen war, und ging in sein Zimmer zurück. Als er wieder die Decke über sich zog, bot sie keinen Schutz. Er lauschte in den Flur, nachdem er die Treppenstufe hatte knarren hören. Sie war heruntergekommen, aber seit dem kleinen Geräusch des Holzes unter ihren Füßen war es still. Angsterfüllt lag er lange wach und erwartete eine Strafe, wusste aber nicht, welche, und auch nicht warum. Aber etwas stimmte nicht. Etwas stimmte nicht mit ihm. Mit offenen Augen lag er da und sog die Dunkelheit in sich auf. Die Schwärze wirkte unendlich. Er starrte so tief in sie hinein, bis kleine weiße Blitze sie durchzogen, die, sobald sie sich gezeigt hatten, sofort wieder verschwanden. Er verlor sich in der lichtlosen Umgebung, die eins wurde mit seiner Traurigkeit, und kam sich wie ein Fremdkörper vor – in diesem Haus, in seinem Bett, in sich selbst.

»Alles klar, Bruno?« Erik sprach ihn an, und erst da bemerkte er, dass er völlig abwesend gewesen war. Es kam ihm vor, als ob er aus einem Traum aufwachen würde. Über ihm standen seine Kollegen und warteten auf seine Entscheidung zum weiteren Vorgehen. Lennart sah ihn irritiert an, genauso die beiden vom Ordnungsamt. Bruno wunderte sich selbst, dass er so abschweifen konnte.

Als ob er erst jetzt die Augen aufmachen würde, sah er sich den Zünder nochmals an und war sich sofort sicher. Es handelte sich um eine Fliegerbombe. Ein Engländer.

»Es ist eine MC 500 lbs mit britischem Langzeitzünder im Heck und, wie es aussieht, mit Ausbausperre«, sagte er, den Blick auf den Blindgänger geheftet, als ob er diesem bestätigen wollte, was er ist. »Eine Sprengung vor Ort kommt aufgrund des Kerosins nicht infrage. Da die

Bombe bewegt worden ist und jetzt etwa waagerecht steht, können wir sie aber auch auf keinen Fall transportieren. Die Entschärfung muss hier stattfinden.«

Bruno blickte nach oben und sah in bedrückte Gesichter. In Lennarts Gesicht sah er Ratlosigkeit und einen Ansatz von Furcht. Julius begann, ihm das, was Bruno gesagt hatte, zu übersetzen: »Die MC 500 sagt dir was, oder?«

Lennart, der bei Bruno den Bonus des Neuen bereits verspielt hatte, starrte Julius regungslos an.

»MC steht für Medium Capacity«, sagte Julius. »Etwa die Hälfte der 500 Pfund sind explosionsfähiges Material, das beim Umsetzen eine gewaltige Druckwelle freisetzen würde. Außerdem würde die relativ dickwandige Hülle in ihre Einzelteile zerrissen werden und eine unberechenbare Splitterwirkung erzeugen. Jahrzehnte nach dem Krieg ist die Bombe immer noch so gefährlich wie damals, durch die chemischen Zwischenprodukte, die sich in dieser Zeit gebildet haben, vielleicht sogar noch brisanter. Immer mal wieder, etwa einmal im Jahr, kommt es auch zu Selbstdetonationen.«

Julius wartete auf ein verständiges Nicken von Lennart, bevor er fortfuhr: »Das eigentliche Problem ist aber nicht die Menge an Sprengstoff, sondern der Zünder und die Tatsache, dass er bewegt wurde.«

Offensichtlich hatte Julius Zweifel an Lennarts Auffassungsgabe und wartete erneut ein Nicken ab. »Chemische Langzeitzünder sollten erst Stunden nach Abwurf auslösen – dann, wenn die Menschen wieder aus den Bunkern gekrochen waren, um in diesem Moment alles und jeden mit sich zu reißen. Außerdem gab es bei dieser Art von Zünder meistens eine Ausbausperre, die dazu diente, dass der Zünder nicht ausgedreht werden konnte. Man kann das heute noch an der rot ausgelegten V-Nut erkennen. Wenn jemand versuchte, den Zünder auszuschrauben, löste der Mechanismus sofort aus. Dadurch sollten die Lösch- und

Bergungsarbeiten verhindert werden«. Mitten in den Ausführungen bemerkte Bruno, wie Julius sich gedanklich in den Tunnel der technischen Details begab, fast wie er selbst. »Im Innern der Langzeitzünder hält eine Scheibe aus Zelluloid den Schlagbolzen fest. Beim Abwurf aus dem Flugzeug wurde ein Windrad in Bewegung gesetzt, das eine Spindel ins Innere der Bombe drehte, wodurch eine Glasampulle voller Aceton zerbrach. Das Aceton löste das Zelluloid auf, der Schlagbolzen schnellte nach vorne und die Bombe explodierte. Durch die Dicke der Trennplatte und die Konzentration des Acetons konnte die Zeitspanne mehr oder weniger genau eingestellt werden, von 6 bis zu 144 Stunden.«

Lennart hatte aufmerksam zugehört und fragte Julius: »Und warum ist es gefährlich, dass der Blindgänger bewegt wurde?«

»Weil wir nicht genau wissen können, warum er nicht ausgelöst hat«, fuhr Julius fort. »Es kann sein, dass die Glasampulle nicht zerbrochen ist und das Aceton die Trennplatte gar nicht berührt. Es kann aber auch sein, dass die Glasampulle kaputt ist und das Aceton die Trennplatte nur deshalb nicht berührt, weil die Trennplatte höher liegt als die Flüssigkeit. Wenn er, so wie jetzt, bei Grabungsarbeiten bewegt wurde und in der Waagrechten liegt, kann es auch sein, dass er erst jetzt aktiviert worden ist«.

»Außerdem steigert die Sommerhitze die Gefährlichkeit des Blindgängers«, legte Bruno nach. »Deshalb werden wir hier über dem Blindgänger eine Plane anbringen, die die Sonne eine Zeit lang aussperrt, und um den chemischen Prozess im Innern des Zünders so zu halten, wie er war, als die Bombe noch von Erde umgeben war.« Bruno dachte noch daran, dass inzwischen recht oft kleine Partyzelte über den Blindgängern aufgebaut wurden, um die allzu eifrigen Journalisten davon abzuhalten, Entschärfungen mit Drohnen zu filmen. Die meisten Feuerwerker wollten nicht, dass ihre Angehörigen mitbekamen, wie sie in die Luft flogen, wenn etwas schiefging. Er sah, dass es in Lennart arbeitete, und fand es besser, dieses Detail zurückzuhalten.

An die Leute vom Ordnungsamt gerichtet, fragte er: »Wie lange braucht ihr eigentlich für die Evakuierungsmaßnahmen?«

»Bestimmt bis morgen früh«, bekam er als Antwort.

Als sich seine Kollegen auf den Weg zu ihren Jobs machten, die sie im Rahmen der Evakuierung zu erledigen hatten, sah er ihnen nach und wünschte sich insgeheim, sie würden ihn mitnehmen, nur um bei ihnen zu sein. Gleichzeitig war er aber auch erleichtert, wieder alleine zu sein. Er blickte der kleinen Gruppe nach, die sich von ihm wegbewegte, und stellte etwas überrascht fest, dass er neidisch auf Lennart war, obwohl er ihn nach wie vor für einen unangenehmen Typen hielt. Offensichtlich war es ihm problemlos und innerhalb kürzester Zeit gelungen, dazuzugehören. Bruno selbst kam sich nach jahrelanger Zusammenarbeit mit den Kollegen immer noch wie ein Außenstehender vor – und das, obwohl er selbst sich als ganz passablen Kerl einstufte.

Das zähe Warten auf die Freigabe zur Entschärfung war das Lästigste an seinem Job. Bis dahin konnte alles Mögliche passieren. Besoffene, die aus ihren Wohnungen begleitet werden mussten, Renitente, die nicht verstehen wollten, dass sie ihren guten Aussichtsplatz auf die Show aufgeben mussten, Menschen, die einfach anfingen, auf der Straße zu weinen, und andere, die ohne ersichtlichen Grund handgreiflich wurden oder mit Absicht versuchten, in den Einsatzbereich zu kommen. Die Leute waren unberechenbarer als Bomben. Bruno machte sich auf eine lange Wartezeit gefasst.

Vera setzte sich in den Sessel im Wohnzimmer und schaltete den Fernseher an, um die Stille zu vertreiben. Sie klickte sich durch die Sender, doch es gab nur ein beherrschendes Thema. Auf allen Kanälen überschlugen sich die Nachrichtenmagazine mit Sensationsberichten: »Ausnahmezustand in Köln«. »Fliegerbombe hält die Stadt in Atem«. »Größte Evakuierung der Nachkriegsgeschichte«.

Es kam ihr unwirklich vor, dass der Mann, der sich im Zentrum dieses medialen Großereignisses befand, gerade eben noch neben ihr gestanden hatte. Und obwohl sie das Gefühl hatte, dass Bruno Hartmann sich am liebsten versteckte, sogar vor sich selbst, konnte sie seine Präsenz jetzt noch spüren.

»... Bei Bauarbeiten auf dem Raffineriegelände in Köln ist eine Fliegerbombe aus dem Zweiten Weltkrieg gefunden worden. Die Männer des Kampfmittelbeseitigungsdienstes sind bereits vor Ort und warten auf den Abschluss der Evakuierungsmaßnahmen. Die Entschärfung wird voraussichtlich in den frühen Morgenstunden stattfinden. Besondere Brisanz erhält die Entschärfung durch den Fundort. Laut unseren Informationen liegt dieser im Bereich eines unterirdischen Treibstoffsees, der durch ein früheres Leck in einem der Kerosintanks entstanden ist. Sollte sich das bestätigen, hätte ein Fehlschlagen der Entschärfung verheerende Folgen ...« Vera schaltete den Ton ab und sah nur noch animierte Grafiken, die Kreise über Köln zogen, welche die Evakuierung zeigten und verdeutlichten, dass – wenn etwas schiefgehen würde – weit mehr als die geräumten Wohngebiete betroffen wären. Die Animation endete mit einem kleinen Feuersymbol in der Mitte der Raffinerie und inmitten des Kreises, der den Evakuierungsradius anzeigte. Darauf folgte ein Lichtblitz, der sich über einen großen Teil der linksrheinischen Viertel ausbreitete. Ein wenig beschämt stellte sie fest, dass sie den Blick die ganze Zeit nur auf die Stelle richtete, wo ihre Wohnung lag.

Sie wollte nicht hinsehen, konnte aber auch nicht wegsehen, und schaltete den Ton wieder an: » ...voraussichtlich weit über 65.000 Kölner ihre Wohnungen verlassen müssen. Sollten sie in dem betroffenen Gebiet wohnen, folgen Sie bitte den Anweisungen der Polizei und des Ordnungsamtes. Es sind mehrere Notunterkünfte eingerichtet. Bewohner von Alten- und Pflegeeinrichtungen sowie Krankenhauspatienten werden auf benachbarte Krankenhäuser verteilt.«

Ein Luftbild von Köln wurde eingeblendet. »Aufgrund der Entschärfung werden die Zufahrten zu den evakuierten Bereichen gesperrt. Außerdem ist vorübergehend der Schiffsverkehr auf dem Rhein gestoppt, genauso wie der Bahnverkehr. Vom Flughafen Köln-Bonn aus können in der Zeit der Entschärfung keine Flugzeuge starten. Landende Maschinen werden umgeleitet, da – im Fall einer Detonation der Weltkriegsbombe – die Druckwelle die Maschinen erfassen könnte. Eine zusätzliche Gefahr würde dabei von Metallsplittern ausgehen.«

Eine Nachrichtensprecherin kam ins Bild: »Die Situation erinnert an die Kölner Nachkriegszeit, als die Stadt völlig ausgebombt war. Vor dem Krieg lebten hier 772.000 Menschen, danach mit 40.000 ein Bruchteil ...« Das war ihr eindeutig zu viel Sensationsgier. Ein historisches Luftbild stand jetzt neben der Sprecherin und zeigte die Stadt, die ein einziges Ruinenfeld darstellte. Die Brücken über den Rhein waren in der Mitte eingebrochen. Lediglich der Dom ragte nahezu unversehrt aus der Trümmerwüste in die Höhe.

Sie sah am Fernseher vorbei auf ein Foto an der Wand, das ihren Vater mit Bruno zeigte. Beide knieten vor einem entschärften Blindgänger in der Erde. Sofort kam ihr der Gesichtsausdruck ihrer Mutter in den Sinn. Ihr abschätziger Blick, wenn ihr Vater nach seinen Einsätzen mit Erde an den Hosen nach Hause gekommen war. »Hast du nicht mehr vor, als dein Leben lang im Dreck zu hocken?«, hatte sie ihn einmal gefragt. Damals hatte Vera nicht verstanden, was sie damit meinte. Auf dem Foto zeigte ihr Vater dem Fotografen den Zünder. Er wirkte selbstsicher und strahlte eine große Ruhe aus. Veras Augen blieben suchend an seinem Blick haften. Sie starrte ihn an, bis sie das Bild nicht mehr scharf wahrnahm und alle Farben und Konturen im Gesicht ihres Vaters zusammenflossen. Wie oft hatte sie sich als kleines Kind überlegt, ihn zu suchen, hatte ihre Mutter gefragt, ob sie wusste, wo er hingezogen war, und immer nur ausweichende Antworten bekommen. Wenn ihre Mutter bei der Arbeit gewesen war, war sie heimlich suchend durch die Wohnung gegangen, ohne jemals auch nur einen einzigen Anhaltspunkt zu finden. Wie auch, ohne Internet.

Sie sah Bruno vor sich und dachte daran, wie abgeklärt er gewirkt hatte, als er zu seinem Einsatz gerufen worden war. Von einer Sekunde auf die andere war er in einer Art Profi-Modus. Sie hatte sehr wohl registriert, dass er umsichtig mit ihr umgegangen war. Dass er so plötzlich und unaufhaltsam abgeholt worden war, hatte sie, nach diesem kurzen Kennenlernen, stärker getroffen, als sie sich selbst eingestehen wollte.

Sie dachte daran, wie oft sie mit ihrem früheren Freund gestritten hatte. Es dauerte eine Weile, bis ihr sein Name wieder einfiel. Er hieß Jens. Aber in ihrer Erinnerung war er einfach auf »der Läufer« zusammengeschrumpft. Sie wunderte sich selbst darüber. All die Urlaube, Abendessen, die gemeinsame Wohnung, die zahllosen Erlebnisse. Übrig geblieben war nur dieses beschissene Laufen. Er hatte regelmäßig an Marathonläufen teilgenommen und zur Vorbereitung einen ausgefeilten Trainingsplan, den er strikt befolgte. Sie selbst hatte das Gefühl, nur Zeit mit ihm verbringen zu können, wenn sein Trainingsplan Ruhepausen vorschrieb. Jedes Mal, wenn er aus der Tür ging, spürte sie, wie etwas an ihr riss und zerrte. Oft war sie so wütend, dass sie die gesamte Zeit, die er für seinen Sport benötigte, vor Wut kochte, die sich dann, wenn er wieder zuhause war, in ungerechten Streitereien um Nichtigkeiten entlud. Sie mochte es noch nicht einmal, wenn er, als sie noch zusammen in einer Wohnung gelebt hatten, morgens vor ihr aus dem Haus zur Arbeit gegangen war. Die Szenen kamen ihr weit weg vor, doch sie ahnte, dass sie wieder so reagieren würde und dass sie nichts dagegen tun konnte. Sie wusste, dass es irrational war, zu befürchten, dass er nicht mehr wiederkam. Aber es saß tief in ihr und ging einfach nicht weg. Die Gedanken daran, verlassen zu werden, waren so präsent, dass sie sich sogar einsam fühlte, wenn er sie in den Arm nahm. Und letztlich war er tatsächlich nicht mehr zurückgekommen. Irgendwie konnte sie verstehen, warum.

Als Bruno abgeholt worden war, hatte es sich erneut so angefühlt, als ob ein Band bis zum Äußersten, bis zum Zerreißen, gedehnt würde. Inzwischen glaubte sie nicht mehr daran, dass noch einmal eine Beziehung halten konnte. Doch unterschiedlicher hätten Bruno und Jens nicht sein können. Jens war nicht unbedingt klein, aber neben Bruno hätte er auf jeden Fall klein gewirkt. Jens war drahtig. Bruno strahlte körperliche Stärke aus, auch ohne irgendein bescheuertes Sport-Getue. Sie erinnerte sich an Brunos Zucken. Obwohl es auffällig war, störte es sie nicht. Vielmehr machte es sie neugierig. Sie wollte wissen, was es damit auf sich hatte, vor allem, weil sie wahrgenommen hatte, dass es ihn selbst quälte. Auf sie wirkte es, als ob es etwas Abgekapseltes in ihm gäbe, das sich nicht abschütteln ließ, ihn aber immerzu reizte. Auch sie hatte das Gefühl, sich selbst abgekapselt zu haben. »Deinetwegen hat er uns verlassen«, hatte ihre Mutter gesagt und nachgeschoben, als sie merkte, wie verletzt ihre Tochter war: »Es war ihm zu viel mit uns.« Als ob sie es zur Hälfte zurücknehmen wollte. Aber der Stachel saß schon. Was hatte sie falsch gemacht? Diesen Gedanken war sie nie wieder losgeworden.

Etwas falsch zu machen oder schuld zu sein war ihr größter Alptraum. Peinlich berührt erinnerte sie sich daran, wie sie einmal bei einem Bankett mit einem Tablett gefüllter Sektgläser durch die Menge an Gästen manövrierte. Ein älterer Herr hatte sie angerempelt, wodurch eines der Gläser auf den Boden fiel. Wie in Zeitlupe hatte sie das fallende Glas wahrgenommen. Das hohe Klirren, mit dem es am Boden zerschellte und in unzählige kleine Scherben zersprang, die sich zwischen den Füßen der Gäste verteilten, hatte sie heute noch in den Ohren. Obwohl die Sache kaum einen der Gäste interessierte, hatte sie das Gefühl, als würden sich alle Augen im Raum strafend auf sie richten und wie Scheinwerfer die letzten Winkel ihrer Unsicherheit ausleuchten. Im Nachhinein empfand sie die Sache als absolut lächerlich. Aber in diesem Moment war sie kurz davor, die Fassung zu verlieren. Sie schämte sich für die Heftigkeit ihrer Reaktion. Dass sie sich überhaupt nachhaltig mit einer solchen Lappalie beschäftigte, war doch Beweis genug, dass etwas mit ihr nicht stimmte. Ein Gefühl der völligen Unzulänglichkeit und Wertlosigkeit schwappte über sie hinweg, als befände sich hinter einer mühevoll gehaltenen Barriere ein riesiger See davon, der nur darauf wartete, sie wegzuschwemmen. Alessandro, der Restaurantleiter, war auf sie zugekommen, Miriam, ihre Kollegin, im Schlepptau, die eben die größten Scherben auflas und den verschütteten Sekt aufwischte. Alessandro hatte die Situation einfach weggelächelt. Warum auch ein Drama daraus machen? Gläser konnten zu Boden fallen. Sie schämte sich – für ihre Gefühle und für ihre peinliche Reaktion, auch wenn sie wahrscheinlich niemand registriert hatte.

Genervt von sich selbst stand sie auf, nahm das Bild von der Wand und setzte sich wieder in den Sessel. Vor ihr flimmerten die Fernsehbilder. Auf dem Foto wirkten Bruno und ihr Vater sehr vertraut, wie eine Einheit. Sie teilten etwas, das sie selbst nur erahnen konnte und oberflächlich als Stolz wahrnahm. Stolz auf die geglückte Entschärfung? Sie wusste, dass da mehr war. Etwas, das sie nicht fassen konnte, bis es sich plötzlich in ihr ausbreitete. Die beiden hatten ein Leben miteinander geteilt. Bruno war ihm näher gewesen als jeder andere Mensch es je hätte sein können, selbst sie als Tochter, wenn sie die Chance gehabt hätte, ihn überhaupt kennenzulernen.

Sie blickte von der gerahmten Fotografie auf und drehte sich um. Sie wollte sich im Raum umsehen, um irgendetwas zu finden, das nicht mit ihr selbst zu tun hatte. Dabei registrierte sie, dass der Garten, bis auf einzelne Schemen, bereits im Dunkel der Nacht verschwunden war. Sie stellte sich vor, wie ihr Vater nach seinen Einsätzen wieder hierher in sein Haus zurückgekommen war. Hatte er sich hierhergesetzt, wo sie jetzt saß? Hatte er manchmal an sie gedacht? Was hatte Bruno damit gemeint, dass ihr Vater immer wieder von ihr gesprochen hatte? Allein dieser Satz saß ihr wie ein Schock in den Knochen.

Vera wollte die Fernsehbilder nicht mehr sehen, die sie an ihren Vater erinnerten, dem sie hier nicht entgehen konnte, wollte sie aber auch nicht abstellen und damit die Verbindung zu Bruno zertrennen, die noch wie ein flüchtiger Geist im Raum stand. Sie drehte sich weg, doch die Bilder spiegelten sich im Fenster zum Garten und folgten ihr. Und dann waren da auch noch Bilder von ihr selbst. Wie konnte es sein, dass in diesem fremden Haus Fotos von ihr hingen? Wie eine stumme Anklage, als ob sie mit den Vorwürfen an ihren Vater, die nie jemand gehört hatte, etwas Unrechtes getan hätte. Nicht einmal ihre alten Gewissheiten gaben ihr noch Halt.

Mehr als jemals zuvor kam sie sich in diesem Haus wie ein vereinzelter Punkt im Universum vor. Ihre Welt fühlte sich leerer an. Und doch konnte sie hier nicht weg, zumindest nicht, bis die Entschärfung erledigt war. Obwohl sie am liebsten geflohen wäre, wäre sie in diesem Moment nicht in der Lage dazu gewesen. Schwere lastete auf ihr, die sie unaufhaltsam in den Boden zu drücken schien. Eine Schwere, die sich in ihr ausbreitete und alle Gefühle und alle Bilder an den Rand zu schieben schien, bis nur noch etwas Zähes übrigblieb. Und in der Mitte war da auf einmal auch etwas Neues: Ein dünner Nerv durchzog rot und pulsierend ihre Dunkelheit. Wut keimte auf.

KAPITEL 9

B runo saß im Baucontainer, umgeben von fremdartig
wirkendem Werkzeug. Orangefarbene Stative lehnten
in der Ecke, die er des Öfteren bei Landvermessern gesehen hatte. Neben eilig zusammengestellten, ungespülten
Tassen stand eine Kaffeemaschine, in deren Papierfilter
der ausgelaugte Kaffeesatz trocknete. Der Geruch lag
noch ganz leicht im Raum. Auf dem Tisch in der Mitte des
Raums lagen Bau- und Geländezeichnungen, auf denen
die Erweiterung der Raffinerie dargestellt war. Durch die
Öffnung des gekippten Fensters drangen immer wieder
Geräusche, die in länger werdenden Abständen die Stille
durchbrachen: Die kratzenden Laute der Funkgeräte, abrupt unterbrochen von unverständlichen, über das Brach-
land der Baustelle fliegenden Wortfetzen, zeugten von
Geschäftigkeit und Anspannung unter den Ordnungs-
kräften, die für die Evakuierung zuständig waren. Laut-
sprecherdurchsagen waren auszumachen, ohne dass sie
verständlich gewesen wären. Er wusste aus Erfahrung,
dass zu diesem Zeitpunkt der Evakuierung die Polizei
durch die Straßen fuhr und die Anwohner zur Räumung
ihrer Wohnungen aufforderte. Zweier-Teams gingen bereits von Haus zu Haus, um festzustellen, ob die Wohnungen bereits leer waren. Ein Martinshorn heulte kurz
auf. Dann wieder Stille. Eine Stille, die sich von Minute
zu Minute ausdehnte. Nachdem sie nur noch selten, von
weiter entfernt und nicht mehr zuordenbar, unterbrochen
wurde, fiel ihm das Fehlen von Bewegung auf. Das immer-
während Rauschen der Autos auf der Autobahn fehlte
ebenso wie das tieftonige Klopfen der Schiffsmotoren und
das Geräusch der startenden und landenden Flugzeuge
am nahegelegenen Flughafen. Bruno konnte fast körperlich wahrnehmen, wie sich die Menschen kreisförmig von

ihm wegbewegten und die letzten einzelnen Laute mitnahmen, je weiter das Leben angehalten wurde. Für ihn waren die Geräusche der Evakuierung alte Bekannte. Aufmerksam folgte er dem Rhythmus des sich verflüchtigenden Klangteppichs, der wie wegziehender dichter Rauch eine neue Landschaft der Leere freilegte.

Da niemand um ihn herum war, umhüllte ihn die geradezu euphorisierende Gewissheit, dass er sich nicht schützen musste. Er schleuderte den Arm von sich, ohne dass etwas Zwanghaftes dahinterstand, wie ein Kind, das sich im Spiel ausprobiert. Die Stille hatte eine einlullende Wirkung auf ihn, die er genoss und gegen die er sich gleichzeitig wehrte. Er war sich nicht sicher, ob es mit Aberglauben zu tun hatte, dass er befürchtete, nicht mehr aus der Tiefe dieser Stille herauszufinden, wenn er sich einmal vollkommen von ihr vereinnahmen lassen würde.

Alle waren in Sicherheit, während er blieb und sich fragte, wie oft er genau die gleiche Situation schon einmal erlebt hatte, für das Überleben der Menschen um ihn herum verantwortlich zu sein, zu denen er keine Verbindung hatte.

Plötzlich aufgeschreckt drehte er sich zum Fenster. Irgendetwas hatte ein Glitzern an der Scheibe erzeugt, das seinen Blick auf die dunkle gerahmte Fläche zog und ohne Vorwarnung ein Bild heraufbeschwor, das er längst verschollen glaubte. Das Gesicht seines Vaters tauchte vor seinem inneren Auge auf – zuerst das gutmütige, das er ihm gegenüber immer gezeigt hatte und in dem der Schalk aufblitzte, dann das enttäuschte und gekränkte, das sich darüberlegte, und zuletzt das zerlaufene, in dem Bruno seinen Vater als Kind nur noch schemenhaft erkannte, wenn er in sein Zimmer kam, an seinem Bett saß und ihn ansah, mit glasigen Augen und dem scharfen Geruch der Kneipe in der Kleidung.

Bruno wusste, dass etwas mit seiner Mutter geschehen war, als er geboren worden war, freilich ohne es genau zu wissen oder auch nur benennen zu können. »Es geht ihr nicht gut«, hatte sein Vater oft gesagt. Und einmal hatte Bruno bei einem Mittagessen im Kreis der Verwandtschaft aufgeschnappt, wie jemand gesagt hatte: »Sie schafft es nicht, es zu verarbeiten. Es ist einfach alles über ihr zusammengebrochen«. Sie hatten ihn mitleidig angesehen, doch Bruno gelang es nicht, aus den winzigen Schnipseln ein stimmiges Bild zusammenzufügen. Was mit seiner Mutter los war, blieb für ihn im Dunkeln. Aber schon als kleiner Junge konnte er den Gedanken nicht abschütteln, dass er irgendwie schuld daran war. »Irene, so geht das nicht weiter«, hatte er seinen Vater einmal sagen hören. Seine Mutter hatte so leise darauf geantwortet, dass Bruno es nicht verstehen konnte. Von da an hatte sie sich noch mehr zurückgezogen und war tagsüber fast nicht mehr zu sehen. Nachts hörte Bruno sie manchmal in der Küche arbeiten und im Haus putzen. Morgens stand dann Essen auf dem Herd, das er sich mit seinem Vater mittags aufwärmen konnte.

Innerhalb kürzester Zeit hatte sie ihr Leben von ihm weg auf die andere Seite des Tages verlegt und war für ihn und seinen Vater einfach verschwunden. Sein Vater hatte versucht, die Kränkung zu ertränken, was ihm zeitweise auch gelang. Nur selten hörte er beide zusammen. Meistens dann, wenn sie miteinander stritten, während er schläfrig im Bett lag. Für Bruno war die Umkehr der Tage zuhause zur Normalität geworden. Sein Vater stand für den Tag. Seine Mutter für die Nacht. Es gab nur eine Ausnahme von dieser Ordnung. Und diese Ausnahme, die auf einen Montag fiel, löste seine gesamte Ordnung für immer auf.

Als Bruno von der Schule nach Hause gekommen war, hatte seine Mutter in der Tür gestanden und ihn bei der Hand genommen. Er war so erstaunt und so wenig gewohnt, sie zu sehen, dass ihm ihr Gesicht und ihre gesamte Erscheinung fremd vorkamen. Sie beugte sich zu ihm herunter. Ängstlich, wie ein scheues Tier, roch er den warmen Duft ihrer frisch gewaschenen schwarzen Haare, die sie zu einem Zopf geflochten hatte. Sein Vater hatte auf der Baustelle, wo er seit einigen Wochen arbeitete, beim Einsetzen der Träger über den Fensteröffnungen im ersten Stock das Gleichgewicht verloren. Er war kopfüber in die Tiefe gefallen und auf der Stelle tot gewesen. Die Handwerker, die mit auf der Baustelle waren und die Nachricht dem Bauleiter überbrachten, waren von der Banalität des Hergangs ebenso unangenehm berührt wie der Bauleiter selbst, der die Nachricht schließlich seiner Mutter überbrachte. Es war, als ob alle daran zweifeln würden, dass man bei einem solchen Vorfall tatsächlich sterben konnte, obwohl es offensichtlich bereits geschehen war.

Bruno hatte vor ihr gestanden und lange Zeit benötigt, um aus den leisen Tönen, die sie mit ihrem Mund formte, den Inhalt der Worte herauszuholen, die am Ende doch keinen Sinn ergaben. Unter dem rechten Auge hatte sie eine kleine dunkle Stelle, die seine ganze Aufmerksamkeit auf sich zog. Es war kein Muttermal. Es sah aus, als wäre etwas unter ihrer Haut. Sie sah ihn mitleidig an. Wahrscheinlich hatte sie ihn für begriffsstutzig gehalten, weil er sie so intensiv angesehen hatte, war aber erstaunlicherweise völlig ruhig geblieben, als ob sie selbst die Sache nichts angehen würde. Bruno wusste, dass er etwas hätte sagen sollen, brachte aber kein Wort heraus.

Von da an war er oft gefallen. Er stand in seinen Träumen am Kopfende der Treppe in seinem Elternhaus und fiel, während sich die Treppe, die vor ihm in die Tiefe führte, in Luft auflöste, kam aber nie an. Dabei traf ihn die Erkenntnis, nicht aufzuschlagen, wie ein genauso heftiger Schlag, als wäre er wie ein hohles Gefäß am Boden zerschellt und in tausend Teile zersprungen.

Bruno zuckte heftig zusammen, als sich die Tür einen Spalt breit bewegte und ein Kopf sichtbar wurde. Julius erschrak fast genauso sehr wie er selbst.

»Ich bin es nur. Alles okay bei dir?«, sagte Julius.

Bruno starrte Julius einen Moment lang an und erwiderte: »Ja. Ähm, ich bin wahrscheinlich kurz eingenickt.«

Julius sah ihn ungläubig an. Bruno fühlte sich ertappt. Er war völlig abwesend und hatte erhebliche Mühe, aus seinen Gedanken aufzutauchen.

»Bruno. Die Leute von der Presse machen aus der Entschärfung einen Riesenmedienrummel. Wir haben denen schon gesagt, dass bei der Entschärfung auf keinen Fall gefilmt werden darf, aus Sicherheitsgründen und so weiter. Du weißt schon, das Übliche. Jetzt fragen die, ob sie eine Webcam aufstellen können. Die wollen angeblich nur die Atmosphäre einfangen und das in ihre Berichte einbauen. Was meinst du?«

»Wo soll denn das Ding stehen?«, fragte Bruno zurück. »Bin ich zu sehen?«

»Nein.« Julius drehte sich um und deutete in Richtung der Kerosintanks, vor denen eine Bretterwand gestellt worden war, um die Baustelle vom täglichen Betrieb der Raffinerie abzutrennen. »Hinter der Bretterwand dort drüben, neben dem Bagger, dort soll die Kamera aufgebaut werden.«

»Keine Ahnung, was das bringen soll«, meinte Bruno, »aber von mir aus können die dort ihre Kamera hinstellen. Aber die Entschärfung wird nicht gefilmt.«

»Nein, das ist doch selbstverständlich«, sagte Julius. Im Gehen begriffen drehte er sich noch einmal um und hielt den rechten Daumen hoch.

Hatte er da an Julius eine Spur Ängstlichkeit wahrgenommen? Er nickte ihm zu, hatte aber das Gefühl, noch etwas sagen zu müssen: »Das wird schon. Wir haben auch schon andere Dinger entschärft.« Mit »wir« meinte er jetzt nur noch sich selbst. Das registrierte er erst, als er den Satz schon gesagt hatte. Rolf war noch nicht aus seinem Alltag verschwunden, doch offensichtlich hatte Julius diese Feinheit nicht bemerkt oder geflissentlich übergangen.

Julius deutete nach oben und sagte noch: »Dauert nicht mehr lange.«

Der Polizeihubschrauber, der Bruno abgeholt hatte, kreiste über dem Gelände. Das Geräusch der Rotorblätter kündigte die Endphase der Evakuierung an. Frank Cramer unterstützte die Kräfte am Boden, indem er mit der Wärmebildkamera kontrollierte, ob auch wirklich alle Menschen in Sicherheit waren. Bruno stellte sich das Bild vor, das gerade entstand, während der Hubschrauber über ihn hinweg zog. Eine große schwarze Fläche, auf der sich der Baucontainer als bläulich-gelber Kasten abhob. In der Mitte stand er als kleiner roter Punkt, von dem sich ein anderer gerade wegbewegte.

Sobald Julius außer Sichtweite war und sich der Hubschrauber entfernt hatte, wurde Bruno von seinen Gedanken wieder in seine Kindheit zurückgezogen. Wenn er nachmittags nach der Schule alleine zuhause war, freute er sich darauf, die Schritte seines Vaters zu hören, wenn der nach der Arbeit auf das Haus zulief und die Haustür aufschloss. Er wusste, dass sein Vater von der Arbeit müde war, und versuchte ihn nicht zu stören. Aber allein seine Anwesenheit beruhigte ihn. Als sein Vater von einem Tag auf den anderen weg war, war seine Verbindung zur Welt gekappt worden, wie eine Nabelschnur. Der Tag war weggebrochen. Die Ruhe im Haus weitete sich zur Stille aus und die Stille wurde zur Leere, die ihn völlig vereinnahmte. Die kindliche Furcht vor der Dunkelheit und dem Alleinsein wich einer innigen Vertrautheit, die er annahm, als wäre ihm ein besonderes Geheimnis anvertraut worden. Und je weiter er sich in die Dunkelheit vorarbeitete, desto weiter entfernte er sich von seiner Umgebung. Kaum ein Geräusch störte diese Leere, die sich permanent auszudehnen schien und alles mit sich nahm, sogar ihn selbst, bis er das Gefühl hatte, nicht mehr da zu sein, nichts zu sein.

Seine Mutter hatte sich komplett zurückgezogen. Irgendwie schaffte sie es inzwischen, die Treppe herunterzukommen, ohne die knarrende Stufe zu betreten. Vielleicht war sie aber auch leichter geworden, dachte er sich. Hören konnte er lediglich von Zeit zu Zeit das Knacken ihrer Fußknöchel, wenn sie an seiner Zimmertür vorbeilief. Zunächst wartete und hoffte er noch darauf, dass sie zu ihm kam, dann war er froh, wenn es nicht so war. Und je länger dieser Zustand anhielt, je länger er so versteckt blieb, umso mehr nahm sein Wunsch ab, er könnte entdeckt werden, jemand könnte den Tag zurückbringen. Im Gegenteil: Er hatte sogar Angst davor und war in einer permanenten angespannten Alarmbereitschaft. Er wollte nicht mehr gefunden werden.

Bruno sah sich selbst hinter der Eingangstür seines Elternhauses stehen. Es hatte geklingelt. Langsam bewegte er sich zum Fenster, von dem aus er sehen konnte, wer vor der Tür stand. Er konnte einen Mann auf einem Bein erkennen, der sich auf zwei Holzkrücken stützte, die ihm bis unter die Arme reichten und leicht von ihm wegstanden. Es war ein älterer Mann in einem grauen fleckigen Anzug, der ihm viel zu groß zu sein schien. Das rechte Hosenbein endete am Kniegelenk, wo die Hose zusammengefaltet war. Die knorrige Hand an der Krücke hielt eine Spendendose. Ein scharfkantiges Gesicht bewegte sich suchend über die Hauswand. Plötzlich zuckte Bruno erschrocken zusammen. Ohne ein einziges Geräusch zu verursachen, war seine Mutter heruntergekommen und stand unvermittelt hinter ihm. Sie sah ebenfalls hinaus, ohne sich an ihn zu wenden. Sie wirkte so entrückt, dass

Bruno sich fragte, ob sie das Gleiche sah wie er. Sie legte ihm die Hand auf die Schulter und sagte »Wir sind nicht da«, bevor sie geräuschlos wieder verschwand.

Geräusche aus dem Funkgerät, das irgendwo unter einer der Bauzeichnungen liegen musste, holten ihn aus seinen Erinnerungen zurück. Jemand sagte etwas, das allerdings ganz offensichtlich nicht an ihn gerichtet war. Bruno spürte, wie er sich, so abrupt aus seiner Versunkenheit gerissen, ärgerte, und war selbst von der Heftigkeit der Gefühlsregung überrascht. Er stand auf und nahm das Gerät in die Hand.

»Hallo?«

»Bruno, wie sieht es aus bei dir?«

Er erkannte die Stimme von Erik, der wieder mit mehreren Leuten gleichzeitig redete, und antwortete etwas unwirsch: »Seid ihr so weit?«

»Ja, die Evakuierung ist abgeschlossen. Du hast die Freigabe zur Entschärfung.«

»Alles klar.«

Er nahm das Funkgerät und verließ den Container. So früh am Morgen war die Luft noch kalt und klar. Er atmete tief ein und nahm die besondere Ruhe wahr. Die Abwesenheit von einfach allem färbte die Stille. Eine friedliche Stimmung lag über dem Feld, als ob die Gefahr nicht real wäre.

Vera war auf dem Sofa eingeschlafen. Als sie aufwachte, lief noch immer der Bericht über die anstehende Entschärfung: »... nachdem die Evakuierungsmaßnahmen abgeschlossen sind, wird laut Angaben des Ordnungsamtes ab 9 Uhr die Entschärfung stattfinden ...« Im Hintergrund fuhr eine Kamera in monotonem Tempo über die Baustelle. Die Bilder von verlassen wirkenden Kränen und Baggern, die mitten im Dreck standen, wurden durch eine

Bretterwand unterbrochen, hinter der Vera den Blindgänger und Bruno vermutete. Plötzlich empfand sie Ekel vor der Sensationsgier der Journalisten, die so nah herangehen wollten wie möglich, um auch jede kleinste Regung kommentieren zu können. Obwohl sie wusste, dass Entschärfer direkt an die Bombe mussten, und obwohl sie wusste, dass ihr Vater bei einer dieser Entschärfungen ums Leben gekommen war, schlug ihr die Erkenntnis auf den Magen, als ob sie neu wäre. Bruno stand jetzt vollkommen alleine dort und begab sich in Lebensgefahr. Sie wäre in diesem Moment gerne bei ihm gewesen und hätte ihm die Hand auf die Schulter gelegt, obwohl sie sich schon bei dem Gedanken, so nah dran zu sein, zu Tode ängstigte.

Sie ertrug den Bericht nicht, der immer und immer wieder von der Gefahr sprach, Interviews mit älteren Menschen zeigte, die aus den umliegenden Altenheimen gebracht worden waren und verängstigt aussahen, und immer wieder die gleichen Schwarz-Weiß-Aufnahmen von Bombardierungsangriffen und aus Flugzeugen herabfallenden dunklen Massen. Wieder lief sie durch das Haus. Beeindruckt von den Fernsehbildern nötigte ihr der Mut der Entschärfer Respekt ab. Doch sobald sie bemerkte, dass dadurch ein Hauch von Nähe zu ihrem Vater entstand, schob sie den Gedanken eilig beiseite und begann, willkürlich Schubladen an Kommoden aufzuziehen, Türen an Sideboards und Schränken zu öffnen und alle Eindrücke in sich aufzunehmen. Ordentlich zusammengelegte Wäsche, geputzte Gläser, gemangelte Tischtücher, die allerdings den Eindruck erweckten, als wären sie nur für den Fall der Fälle vorhanden und nie wirklich benutzt worden. Die vielen Eindrücke, die sie auf diese Art im Haus ihres Vaters gewann, ermöglichten ihr, ihn nicht ganz an sich heranlassen zu müssen. Die kleinen Facetten würden sich erst später zu einem Bild formen. Auf diese Art blieben die Bilder konsumierbar. Und obwohl sie froh war, nur mittelbar kleine Häppchen an Information zu bekommen, fragte sie sich: »Wo warst du die ganze Zeit? Wer bist du? Warum hast du dich nie gemeldet?«

Im oberen Stock stand ein alter Sekretär mit ausgeklappter Schreibplatte. Neugierig ging sie darauf zu und zog die kleinen Schubfächer auf, warf einen Blick hinein und schob sie wieder zu, bis ein kleines gebündeltes Paket an Briefen ihre Aufmerksamkeit auf sich zog. »Reichlich antiquiert«, dachte sie und bereute ihren unausgesprochenen giftigen Kommentar sofort. Sie nahm das kleine Paket, es mussten etwa zwanzig Briefe sein, heraus und löste die Schleife, die sie zusammenhielten. Ein Teil der Briefe war geöffnet und dann wieder verklebt worden. Die unteren waren ungeöffnet. Alle waren an »Magda Paulus geb. Baldauf« adressiert. Die Adresse in Heidelberg stimmte nach wie vor. Ihre Mutter war nie umgezogen. Vera verstand nicht sofort, was das bedeutete. Erst als sie auf allen Briefen den Stempel des Postamts in Heidelberg »Zurück an Absender« registrierte, verstand sie, dass ihre Mutter die Briefe wieder zurückgeschickt hatte, den Großteil ungelesen. Sie hatte den Kontakt abgebrochen.

Vera setzte sich mit den Briefen in die Küche, nahm ein scharfes Messer aus der Schublade und öffnete den obersten. Ihr Vater hatte eine ebenmäßige, leicht nach rechts geneigte Schrift. Er hatte sich sichtlich Mühe gegeben und den Text mit großer Wahrscheinlichkeit auf einem anderen Blatt vorgeschrieben. Er hatte gutes, recht dickes Papier benutzt und mit blauer Tinte geschrieben, absolut fehlerfrei und ohne sich auch nur einmal an einer Stelle zu vertun. Der Brief, den sie in der Hand hielt, war im April 1976 geschrieben worden, da war sie gerade 6 Jahre alt gewesen. In der Zeit hatte er sie und ihre Mutter verlassen. Vera spürte den Widerstand, den sie überwinden musste, um ihre Augen von den ebenmäßigen Linien zu lösen und die einzelnen Worte zu lesen. Weiter als bis zum ersten

Satz kam sie nicht. »Liebe Magda, liebe Vera, wie gerne würde ich Euch wiedersehen und in die Arme schließen.«

Behutsam legte sie den Brief auf den Tisch und hörte in sich hinein. Tränen standen in ihren Augen. Was musste in ihm vorgegangen sein, dass er die Energie für so viele Briefe aufgebracht und so gefühlvoll geschrieben hatte? Einsamkeit und der Schmerz über den unwiederbringlichen Verlust breiteten sich aus. Ihr Leben lang hatte sie sich nach ihm gesehnt, sich hohl und leer gefühlt, war ohne den Bezug zu ihrer Familie heimatlos geworden und hatte doch immer geahnt, dass nicht sein konnte, was ihre Mutter ihr immer wieder als Wahrheit aufgetischt hatte. Deinetwegen, unseretwegen. Scheiße. Er wollte zurück. Es war eine Lüge.

Sie sah sich in ihrem Kinderzimmer in der Wohnung ihrer Mutter in Heidelberg und nahm sich gleichzeitig im Haus ihres Vaters wahr. Die Verbindung zu allem Alten fühlte sich plötzlich an wie nasses Papier, das jeden Moment unter seinem eigenen Gewicht reißen würde. Wie hatte sie ihr das nur antun können? Wie hatte sie zulassen können, dass ihre Tochter ihr ganzes Leben auf einer falschen Wahrheit aufbaute. Hatte sie ihn so gehasst? Oder am Ende sich selbst?

Vera war sich sicher, dass sie durch diese Briefe Klarheit gewinnen würde. Aber viel wichtiger als die Möglichkeit, die Vergangenheit verstehen zu können, egal wie sie aussehen mochte, war die Gewissheit, dass ihr Vater sie nicht vergessen hatte. Es gab kein »Deinetwegen«. Dessen war sie sich sicher, auch ohne alles gelesen zu haben. Sie war nicht schuld. Das allein änderte alles. Der Zorn, den sie unter ihren Tränen spürte, musste warten. Sie wollte ihn nicht die Nähe trüben lassen, die sie so unverhofft durchströmte.

KAPITEL 10

Die unterschiedlichen Senken, um die er auf dem umgegrabenen Feld herumging, um zu seinem Einsatzort zu kommen, erinnerten ihn an das Loch, in das Rolf gestiegen und aus dem er nicht mehr herausgekommen war. Trotz dieses Gedankens hob er, als er am abgesperrten Grabungsloch stand, ohne zu zögern das Flatterband an und rutschte, die Füße voraus und mit den Händen an der schrägen Grabungswand entlanggleitend, etwa vier Meter in die Tiefe. Seinen Händen folgten einzelne kleine Wellen kiesiger Erde, die raschelnd nach unten rieselten.

Unter der Plane, die über dem Blindgänger aufgespannt worden war, um die zu starke Erwärmung des Metallkörpers und vor allem des Zünders zu verhindern, lag der noch kalte Geruch nach Kerosin. Bruno setzte sich neben den etwa 1,30 Meter langen Stahlkörper. Die Oberfläche war von Rostfraß aufgeblättert und fast durchgängig rötlich. Nur an manchen Stellen war der graue militärische Lack noch zu sehen.

Das zaghaft heller werdende, milchige Licht der Morgensonne, das durch die Plane schien, warf zwei lange Schatten. Er nahm die Kälte wahr, die von dem schlafenden Metallkörper ausging, und lauschte dem Rauschen des Windes, als ob diese Faktoren von Bedeutung für seine Arbeit wären. Normalerweise ließ er sich von nichts ablenken und ging direkt an die Arbeit, war bereits in den technischen Details, dachte nur noch an den Mechanismus, den es zu überwinden galt. Doch in diesem Moment war es gut, einfach hier zu sitzen. Jetzt war es an allen anderen zu warten. Er streckte seine Hand aus, um sie flach auf das rissige Metall zu legen. Das war der Moment, in dem er ruhig wurde, die Welt ausblendete und eins wurde mit der Gewalt, die vor ihm lag. Die Ruhe, die ihn bei Entschärfungen in Sicherheit brachte. Plötzlich durchzuckte es seinen ganzen Körper, als hätte der Blitz in ihn eingeschlagen. Seine Hand schnellte unkontrolliert nach vorne, seine Schulter bewegte sich vor und er zog sie fast gleichzeitig wieder zurück. Sein rechtes Auge zwinkerte so heftig, dass er fast nichts sehen konnte. Dann war schon wieder alles vorbei.

Erschrocken legte er die linke Hand auf sein rechtes Handgelenk, als wollte er sich selbst festhalten, aber es gelang ihm nicht, sich zu beruhigen. Die Ruhe, auf die er sich immer verlassen konnte, stellte sich nicht ein, und seine Gedanken kamen einfach nicht zum Stillstand.

Er sah Rolfs Sarg in die Tiefe schwanken und hörte das Geräusch, als die leere Kiste an die Grabwand stieß, als ob der Ton in ihm selbst nachklingen würde. Und dann die Wärme, die ihn durchströmte, als er Vera gehalten hatte. Die Leichtigkeit, die wie ein Versprechen war. Ein Versprechen, mitgenommen zu werden, getragen zu werden, in ein neues Leben. Doch von seiner Lebenszeit war deutlich mehr vergangen, als noch vor ihm lag, und er glaubte nicht daran, dass er noch einmal in die Nähe einer solchen Wärme kommen würde. Er wusste zwar nicht, wann seine Zeit ablief, genauso wenig, wie er wusste, welche Zeit in diesem Zünder eingestellt war. Sicher war nur, dass ein Großteil abgelaufen war, und mehr noch: Er hatte das Gefühl, diese Zeit verloren zu haben.

Verbitterung machte sich in ihm breit. Alle waren weg. Auch Rolf. Auch Vera. Er war hier und dachte daran, wie ihm Rolf manchmal nach Entschärfungen auf die Schulter geklopft hatte. Zuweilen war es auch umgekehrt, was ihm immer vorgekommen war wie eine geduldete Anmaßung. Sie hatten nie darüber gesprochen, aber es war immer klar, dass sie mit diesem Beruf etwas Gutes bewirken wollten. Die Welt ein bisschen sicherer machen. Dass sie, abgesehen von vereinzelten Interviews nach Entschärfungen, im Hintergrund blieben, war nie ein Problem. Bruno war trotzdem nach jeder Entschärfung regelrecht aufgeputscht. Doch diesmal war alles anders. Die Ruhe war weg. Die Fokussierung war weg. Alles war weg. Jahrelang hatte er sich am Krieg abgearbeitet. Ein Krieg, den die meisten längst vergessen hatten. Für ihn war er noch immer präsent. Eine Arbeit, die kein Ende fand. Was hatte es ihm gebracht? Er war mutterseelenallein. Sein Leben, das immer von Pflichtbewusstsein und Arbeit geprägt war, kam ihm mit einem Mal hohl vor und er selbst fühlte sich erstarrt, wie dieses Ding, neben dem er angespannt saß, alle ungelebten Gefühle in ihm zu einer hässlichen, klebrigen Masse verklumpt, die ihn innerlich aufzufressen schien. Es war nicht möglich, dass sie einen wie ihn lieben konnte. Und doch wollte er nicht aufhören, zumindest daran zu denken. Ein Teil von ihm riss an dieser Gewissheit, der andere hielt ihn zurück. Er wusste nicht, was er in die Waagschale werfen konnte, um vor ihren Augen jemand zu sein.

Sehr leise, wie ein herannahender Ton, der erst noch identifiziert werden musste, baute sich eine ungewohnte Bedrohung in ihm auf. Sein Herz schlug mit hoher Frequenz gegen seinen Brustkorb. Angst hatte sich für ihn immer außerhalb der Entschärfungen abgespielt. Ratlos stellte er fest, dass die Verdrängung nicht mehr funktionierte, dass ihn die Gefahr, die von der Bombe ausging, lauter anschrie als alles andere jemals zuvor.

Er dachte an Rolf. War es ihm auch so gegangen? Was würde er ihm jetzt sagen? Doch statt einer Antwort fiel ihm ein, dass Rolf an dem Morgen, an dem er sich in Luft aufgelöst hatte, merkwürdig gewesen war. Bruno sah die rote Flamme vor sich, in deren Zentrum Rolf gestanden hatte. Am Ende war einfach nichts übriggeblieben. Die Hitze und der Druck hatten ihn komplett aufgelöst. Nicht das Schlechteste, dachte er sich. Er hatte mit Sicherheit noch nicht einmal Zeit gehabt, sich zu wundern.

Wieder erinnerte sich Bruno an Rolfs Ausspruch: »Nicht jeder Entschärfer ist gerne alleine mit der Bombe.« Bei Bruno war das anders. Auf eine Art war er hier seinen Gefühlen näher als sonst. Es waren immer Gefühle der Einsamkeit, die sich angesichts der vor ihm liegenden Zerstörungskraft zu einem diffusen Annähern an den Tod verdichteten. Es war immer wieder ein Verschwinden. Wie ein Eintauchen in eine Umnachtung, ein kurzer Tod, und ein Wieder-daraus-Hervorkommen. Erst danach hatte er bemerkt, wie viel Zeit vergangen war und wie anstrengend die Arbeit auch körperlich war, wenn er völlig durchgeschwitzt war. Nach Entschärfungen wallte eine riesige Woge der Erleichterung in ihm auf. Dann fühlte er sich für kurze Momente lebendig. Es war ein berauschender Zustand, von dem er niemandem jemals erzählt hatte, nicht einmal Rolf.

Mit dem Schrecken eines beim Lügen ertappten Kindes sah er in diesem Moment, wie nah er an einer Geschichte war, die ihm Rolf unzählige Male erzählt und die ihn jahrelang umgetrieben hatte.

Ein junger Mann hatte sich in Bonn, zu Zeiten, als die Stadt noch Bundeshauptstadt war, einen Sprengstoffgürtel umgelegt und gedroht, sich in einem Kaufhaus mitten am Tag in die Luft zu sprengen. Er war in einem erbärmlichen Zustand. Rolf war nicht ganz klar, ob der junge Mann psychisch krank war, völlig vereinsamt oder ob es etwas mit Religion zu tun hatte. Auf jeden Fall war kein Durchdringen zu ihm. Er stand da, starrte wie gebannt vor sich hin und schrie die Einsatzkräfte an, sobald er sah, dass sich irgendetwas in seinem Gesichtsfeld bewegte. Es war offensichtlich, dass in ihm ein Kampf tobte, dessen Ausgang darüber entscheiden würde, ob er den Auslöser, den er zitternd in der rechten Hand hielt, drückte oder nicht. Der Kampf schüttelte ihn immer wieder und die Schweißperlen rannen von seiner Schläfe. Der zur Hilfe geholte

Verhandlungsexperte versuchte gerade, ein Gespräch zu ihm aufzubauen, als er zu einem Zeitpunkt, den keiner erwartet hatte, den Knopf drückte. Einfach so. Fassungslos stand er, umstellt von beobachtenden Augenpaaren, in der Mitte des Raums und registrierte, dass seine selbstgebaute Bombe nicht funktioniert hatte. Er starrte vor sich hin und gab ein erbarmungswürdiges Bild ab. Rolf hätte geschworen, dass er es noch einmal probieren würde, dass er den Zünder noch einmal drücken würde. Aber es gab keinen zweiten Versuch. Der junge Mann ließ resigniert den Kopf hängen, als wäre alle Energie aus ihm entwichen. Er ließ sich festnehmen und die Bombe wurde von Rolf entschärft.

Bruno hatte die Geschichte immer mit mühsam aufrechterhaltener Aufmerksamkeit angehört und war nie wirklich interessiert gewesen. Irgendwie war ihm auch nicht klargeworden, was Rolf ihm eigentlich sagen wollte. Jetzt fragte er sich, ob Rolf es selbst probiert hatte. Hatte er absichtlich den Zünder ausgelöst? »War es Selbstmord, Rolf? Hat es beim ersten Mal direkt funktioniert?« Er konnte sich beim besten Willen nicht vorstellen, dass Rolf Selbstmord begangen haben könnte.

Und plötzlich stellte er sich die Frage, ob Rolf in ihm so etwas wie diesen Typen mit dem Sprengstoffgürtel gesehen hatte. War er einfach nur ein hilfloser, verlorener und erbarmungswürdiger Kerl, den Rolf unter seine Fittiche genommen hat? Hatte Rolf Mitleid mit ihm gehabt? Heiße Scham schoss ihm ins Gesicht und Zorn breitete sich in seinem ganzen Körper aus. Hatte Rolf versucht, ihm etwas zu sagen, was für ihn nur über eine Geschichte sagbar war? »War er deshalb mein Freund? Aus Mitleid? War das dann überhaupt Freundschaft? Scheiße. Ich brauche kein Mitleid.« Mit einem Mal war ihm, als ob sein ganzer Körper bis in die letzte Faser glühen würde. Am liebsten hätte er sich aufgelöst, um das ekelhafte Gefühl loszuwerden, erbarmungswürdig zu sein. »Warum nicht?«, dachte er sich. Verdammtes Mitleid. Er hatte nichts zu verlieren. Er war nichts. Er könnte genauso abtreten wie Rolf. Und wieder sah er Rolf in der Mitte der roten Flamme stehen, die sich unter der sich aufwölbenden Erde verbarg.

Vera dachte an Bruno und fragte sich, ob jemand, der nicht hinter dieser Bretterwand stand, überhaupt erahnen konnte, welche Gefühle ihn in diesem Moment umtrieben. Und obwohl sie wusste, dass sie das selbst auch nicht konnte, fühlte sie sich dennoch mit ihm verbunden. Sie vermisste ihn bereits. Und dann war da noch etwas anderes. Ohne es genau benennen zu können, hatte sie das vage Gefühl, dass sie beide etwas Ähnliches taten.

Die Berichterstattung zeigte in der Zeit, in der es nichts zu zeigen gab – außer der Bretterwand, hinter der Bruno stand – eine Dokumentation eines Luftangriffs auf Köln: »Unter dem Decknamen ‚Jahrtausend‘ wurde Köln am 30. Mai 1942 von eintausend Flugzeugen angegriffen. Die Flugzeuge starteten von England aus, wo jeder, der fliegen konnte, eingesetzt wurde. Das ‚tausendjährige Reich‘ sollte endgültig vernichtet werden. Über 2.000 Tonnen Munition wurde allein in dieser Nacht über Köln abgeworfen. 20.000 Wohnungen brannten aus. Schon aus 200 Kilometer Entfernung sah die Stadt aus wie ein geschlossenes Feuerfeld. Am Boden ...«

Plötzlich schreckte sie ein Geräusch auf, das sie nicht einordnen konnte. Von der Küche aus sah sie, wie jemand wieder in sein Auto stieg, das auf der Straße vor der Einfahrt geparkt hatte. Es dauerte einen Moment, bis sie verstand, dass der Briefkasten geklappert haben musste. Erst jetzt registrierte sie, wie unglaublich angespannt sie war, und ließ bewusst die Schultern sinken, während sie ausatmete. »Wann hört das endlich auf? Wann wird mein Leben endlich normal?«, fragte sie sich, den Blick weiter auf die Straße geheftet. Als kleines Mädchen hatte sie oft Angst, alleine zu sein. Sie erinnerte sich daran, dass sie von dunklen Vorahnungen wie gelähmt war, wenn ihre Mutter zur Arbeit ging, und sie bei der geringsten Verspätung dachte, dass sie nicht mehr zurückkommen würde, genau wie ihr Vater. Und als ob der Gedanke darauf gewartet hätte, zu dieser Zeit ans Licht zu kommen, kam ihr in den Sinn, dass sie sich wünschte, von Bruno noch einmal in den Arm genommen zu werden. Nun ja, es war mehr ein Stützen oder Auffangen gewesen. Sie kam sich albern vor bei der Haarspalterei. »Mach dich nicht lächerlich«, sagte sie zu sich selbst. Immerhin hatte sie genügend Beziehungen hinter sich, die übers Händchenhalten hinausgegangen waren. Was war nur los mit ihr?

KAPITEL 11

Die Sonne hatte bereits Kraft entwickelt und erschwerte das Atmen unter der Plane. Der Kerosingestank war schon jetzt überwältigend. Bruno kniete vor der Bombe und starrte, einen Hammer in der Hand haltend, den Zünder auf Augenhöhe an. Selbst wie sie nur so dalag, spürte er den konzentrierten Hass, der jahrzehntelang darauf gewartet hatte, freigelassen zu werden. Er war der Wut, dem Willen und dem Vermögen zur Zerstörung sehr nah.

Schwer atmend konnte er durch den Furor, der seine Gedanken einnahm, das leise, anschwellende Rieseln in seinem Rücken nur schwach wahrnehmen. Als er sich umdrehte, war es bereits zu spät. Die Seitenwand hinter ihm rutschte ab. Er nahm nur noch wahr, wie eine Welle aus Erde auf ihn zukam. Noch ehe er reagieren konnte, hatte ihn die Masse an den Blindgänger gepresst. Sein Kopf schlug gegen den Metallkörper. Er sah, wie die Erde an ihm, von den Beinen her, aufstieg, wie eine dickflüssige Flut, bis sie zuletzt über sein Gesicht floss, seinen Blick verdunkelte und ihn mitsamt seiner Wut zudeckte.

Er war mit angezogenen Beinen in völliger Dunkelheit gefangen und versuchte mit aller Kraft, die er aufbieten konnte, sich gegen den unnachgiebigen Griff der Erdmassen zu wehren. Mühsam bewegte er seine Finger, um kleine Hohlräume zu schaffen, in die er weiter vordringen konnte, um sich von dort aus freizuschaufeln. Die Sirene seiner Kindheit ertönte in seinem Kopf und schwoll an, bis sie, kurz bevor er das Gefühl hatte, platzen zu müssen, in allen Ecken seines Innern Bilder löste, die perlend aufstiegen und sich unaufhaltsam zu einem Strom formierten, der mit gewaltiger Wucht durch ihn hindurchschoss. Alle Eindrücke – seine eigenen, Erzählungen von Verwandten, Andeutungen seiner Eltern und seine Erfahrungen aus tausend Entschärfungen – verbanden sich zu einem Bild, wie ein Haufen Scherben, Schutt und Dreck, der sich erneut zu dem manifestierte, was er einmal gewesen war.

Er sah einen Straßenzug in Köln, in dem kein einziges Haus mehr ganz war. Die Fronten waren eingebrochen und gaben den Blick in das Innerste der Wohnräume frei. An vielen Orten ruhten unbenutzte und mit Staub bedeckte Möbel auf Bodenplatten, denen die Seitenwände fehlten und die kurz vor dem Herabfallen standen. Alles wirkte wie in einer überdimensionalen staubigen Puppenstube im falschen Szenario. Die Menschen zuckten bei den kleinsten Geräuschen zusammen, beim Zufallen eines Fensters oder beim Hupen eines Autos, und alle schienen beständig in die Weite zu lauschen, nach den Lauten von Schüssen, Einschlägen, Einstürzen oder Schreien. Der heulende auf- und abschwellende Ton der Sirene verband sich mit anderen Sirenen, die überall in der Stadt die Stellung der Uhr eingenommen hatten, seit die Flugzeuge der Alliierten immer regelmäßiger Angriffe flogen. Morgen und Abend, Helle und Dunkelheit waren unbedeutend geworden. Der Tag war unterteilt in Phasen, in denen die Sirene schwieg oder schrie, in Voralarm, Vollalarm und akute Gefahr. Die lauter werdenden Motorengeräusche am Himmel verwoben sich zu einem Klangteppich, dichter als an den Tagen, Wochen und Monaten zuvor, massiver.

Brunos Mutter Irene sah zu ihrer eigenen Mutter auf, die im Laufen immer wieder zum Himmel blickte. Der Klang und die Vorahnung auf das Kommende schienen fast schlimmer als das, was sie erwarten sollte.

Die Stadt versuchte, sich in der Nacht zu verstecken. »Licht aus. Wir sind nicht da.« Die Menschen rannten, bepackt mit Koffern und Habseligkeiten, aus den Häusern in Richtung der Luftschutzkeller und drängten sich auf den

Straßen, voller Angst, zu spät am Bunkertor zu sein und draußen bleiben zu müssen oder in der Panik totgetrampelt zu werden.

Die Motorengeräusche wurden lauter. Die ersten Bomber waren über der Stadt. Es waren noch nicht die, die die riesigen Metallbrocken vom Himmel fallen ließen. Es waren die Pathfinder, die ihren Nachkommenden den Weg wiesen, indem sie rote Leuchtfeuer absetzten, die das Ziel erhellten. Ihre Mutter zerrte an Irenes Hand. Das Mädchen stolperte immer wieder. Entfernt waren die ersten Einschläge zu hören. Hektisch tanzende Scheinwerferkegel suchten den schwarzen Himmel ab. Ein paar Straßen weiter waren die ersten Flaksalven zu hören, die durch die Lichtkegel hindurch in die Luft feuerten. Ein rotes Licht sank am Ende der Straßenflucht betörend langsam zu Boden und tauchte die Ruinen in eine weltentrückte Atmosphäre. Die Flugzeuge waren über ihnen und das Rauschen der Abwürfe war bereits zu vernehmen. Sie konnten den Luftschutzwart sehen, der etwas in ihre Richtung schrie, das im ohrenbetäubenden Lärm aus Flugzeugmotoren, Flakkanonen, explodierenden Bomben und einstürzenden Häusern unterging.

Irene sah, wie ein riesiger Tank, der aussah wie der Badewannenofen in ihrer Wohnung, vom Himmel fiel, explodierte und eine ganze Reihe an Häusern wegfegte. Plötzlich war die Hand weg, die sie eben noch gehalten hatte. Die Druckwelle, die auf sie zurollte, traf sie am ganzen Körper, wie ein einzelner Schlag, und drückte sie an eine Hauswand. Staub wehte aus immer neuen Richtungen, als ob er sich nicht entscheiden konnte, wohin er fliegen wollte. Die Tür zum Luftschutzbunker war geschlossen. Sie sah ihre Mutter nicht mehr. Immer mehr Feuer erhellten die Nacht und im Rhythmus der Einschläge hoben und senkten sich die Straßen. In den Bunkern wurde es in diesen Situationen immer unheimlich ruhig. Viele hielten sich die Ohren zu und manche öffneten außerdem den Mund, um bei den großen Druckwellen keine Lungenrisse zu bekommen. Frauen versuchten, ihre schreienden Kinder zu beruhigen. Immer wieder flackerte das Licht. Für viele war das Ausharren unter der Erde wie eine Flucht vor der Gegenwart. Menschen, die sich aneinanderklammerten und in festen Knäueln die Zeit, die von Vergangenheit und Zukunft abgeschnitten war, zu überdauern suchten. Wenn Einschläge die Erde erschütterten, waren die Räume voller Geschrei und Gewimmer, Verletzte brüllten vor Schmerz.

An der zur Hälfte eingefallenen Wand, an der sie kauerte und die keinen Schutz bot, rammte sie der Lärm des Angriffs mit solcher Heftigkeit, dass sie wie betäubt war. Mit aufgerissenen Augen suchte sie den dichten Staubnebel nach ihrer Mutter ab, als eine weitere Bombe direkt vor ihr auf die Straße prallte. Durch die Wucht des Aufschlags sprangen die Pflastersteine aus der Erde und schienen einen Moment lang in der Luft zu schweben, als ob die Schwerelosigkeit aufgehoben wäre. Die Explosion blieb aus, doch durch die Erschütterung des Aufpralls sackte die Wand, an der sie lehnte, in sich zusammen und begrub sie unter sich. Ihr Körper war dicht von den Schuttmassen umgeben. Ihr Bein war eingeklemmt, so dass sie sich nicht bewegen konnte. Während sie benommen und mit dröhnendem Kopf unter den Massen lag, hob und senkte sich die Erde noch lange, als ob sie atmen würde. Sie lag so nahe an der Bombe, dass sie das Metall riechen konnte. Durch einen Spalt zwischen den groben Steinen, die um sie herum und auf ihr lagen, konnte sie wie durch ein Fenster nach draußen sehen. Es waren noch andere Menschen auf der Straße, die im herumwirbelnden Staub wirkten wie Suchende im Nebel. Eine Frau schrie die ganze Zeit nach ihrem Kind. Als sie alle umfielen, wurde es unerträglich heiß und ein gewaltiger Sog zog die Luft von ihr weg. Sie hielt die Nase tief hinunter, ganz an die Seite der Bombe, so dicht über der Erde, dass sie sie fast einatmete. Als sie erneut aus ihrem Guckloch hinausblickte, war es wie ein Augenblick zwischen Wachen und Schlafen, kurz bevor die Träume begannen, nur, dass sie die Augen nicht schließen und den Blick nicht von den schwarzen Klumpen wenden konnte, die sich in dem Inferno vor ihren Augen grotesk verbogen und in der Hitze langsam schrumpften. Der Lärm der brennenden Hölle um sie herum war durchzogen von spitzen, hysterischen Schreien.

Als Stunden später die heißen Steine über ihr angehoben wurden, war sie gefasst. All die Bilder, die in sie eingedrungen waren, schienen bereits in ihr selbst versunken zu sein und waren nicht mehr wiederzugeben. Gleichzeitig hatte sie das Gefühl, als wäre sie es nicht selbst, die all das erlebt hatte. Sie weinte nicht und reagierte kaum auf die freudigen Gesichter, die sie fanden. Der Mann, der sie aus dem Schutt hob, sah sie etwas mitleidig an und sagte: »Schau Kindchen, das wächst sich raus.« Sie verstand nicht, was er meinte, und war viel zu sehr damit beschäftigt, zu registrieren, dass rings um sie herum kein einziges Haus mehr stand und überall Menschen geschäftig herumrannten. Jeder schien etwas unheimlich Wichtiges zu tun zu haben. Aus den Schuttbergen rauchte es, als wären qualmende Öfen darin versteckt. Männer und Frauen kamen und gingen mit kleinen Wannen und Eimern, aus denen Hände und Füße ragten. Die Toten sahen nicht mehr aus wie Menschen. Sie waren durch die Hitze zu winzigen schwarzen Puppen verformt und sahen aus wie Dinge. Der fremde Mann, der sie auf dem Arm trug, lief von der Bombe weg. Über seine Schulter hinweg konnte sie sehen, wie einige herbeigelaufene Männer aus der Nachbarschaft ein Pferdegeschirr um den Blindgänger legten, der noch immer neben dem Schuttberg lag, aus dem sie geborgen worden war. Indem sie den Metallkoloss mit einem Fuhrwerk die Straße hinunterzogen, der auf der Straße eine schlingernde Spur hinterließ, wirkten sie, als würden sie die Ernte einbringen. Als in einiger Entfernung eine andere Bombe, offensichtlich verspätet und wie aus heiterem Himmel, detonierte, zuckte sie nicht.

»Was ist mit ihrem Gesicht?«, fragte ihre Mutter den Arzt, der ihr Bein in einen Gips legte. »Das ist Staub, der unter die Haut getrieben wurde. Das kann bei starken Druckwellen passieren. Wir nennen das auch Schmutztätowierung. Mit der Zeit wächst das wieder raus.« Ihre Mutter schaute sie skeptisch und mitleidig an. Irene redete nicht und sah nicht zurück.

Neben dem Blindgänger war ein Hohlraum frei geblieben, der nicht mit Erde ausgefüllt war. Bruno schaffte es, sich von dort aus frei zu wühlen. Nachdem um seine Hand und dann um seinen Arm mehr Platz entstanden war, drückte er zusätzlich mit der Schulter gegen die Erdmassen, bog den Rücken gerade, ruckte vor und zurück und schaffte es, sich aus der Erde zu schieben. Fast war es, als ob er aus ihr emporschnellen würde. Dreck und kleine, runde Steinchen rieselten ihm aus den Haaren. Außer sich holte er tief Luft und schrie den Metallkoloss, der noch immer stumm vor ihm lag, aus vollem Hals an.

KAPITEL 12

Erschöpft setzte er sich neben den Blindgänger und hielt inne. Die Wut, die ihn noch Sekunden zuvor voll ausgefüllt hatte, war entwichen und der Raum in ihm, der ihm riesig vorkam, noch nicht wieder gefüllt. Noch konnte er das Neue nicht benennen und fühlte sich auf eine abwartende Weise leer.

Dann spürte er, wie sein neues Innenleben Gestalt annahm. Es fühlte sich hell an, warm und trotz einer gewaltigen Präsenz, flüchtig. Still saß er da und hörte in sich hinein, als würde er über sich selbst wachen und als ob in dem Tosen, das er durchlebt hatte, etwas beschützt werden müsste.

Seine Mutter war nie aus ihrer Verschüttung herausgekommen, kam es ihm in den Sinn. Das Leben um sie herum hatte irgendwann wieder Fahrt aufgenommen. Häuser waren wiederaufgebaut worden. Straßen waren erneuert worden. Geschäfte öffneten und Passanten füllten die Gehsteige. Aber sie war an diesem Ort in der Dunkelheit geblieben. Trotzdem war es weitergegangen, und die Zeit des Aufbruchs nach dem Krieg hatte sich über sie gelegt wie eine zweite Decke. Die Illusion des Friedens hüllte sie ein, bis ihr Kind zur Welt kam. Bis Bruno in den dunklen Räumen ihrer eigenen vier Wände nach ihr rief.

Als ob er eine zusätzliche Ebene erreicht hätte, dachte er sich: »Ein schreiendes Kind. Das war unerträglich. Ich war unerträglich.« Sie hatte sich von ihm zurückgezogen, weil sie selbst nicht mit ihren Erfahrungen zurechtkam. Ein wenig hoffte er, dass sie sich vielleicht auch ihm zuliebe zurückgezogen hatte, weil sie wusste, dass sie ihn ansonsten zerstören würde – mit ihrer selbst für sie nicht erträglichen Angst, mit ihrem Hass auf alles, was einfach weiterleben konnte, und ihrer tiefen Verzweiflung, die sie mit niemandem teilen konnte. Und für einen Moment gruselte ihn die Vorstellung, dass sie in ihm das gesehen haben könnte, was sie als Kind traumatisiert hatte. Nein, es war kein Grusel. Er schämte sich und spürte wieder das Nichts, als das er sich selbst mehr und mehr wahrgenommen hatte, bis er beschlossen hatte, sich in die Schatten zurückzuziehen und es einfach zu akzeptieren, dass er nicht da war. Er fühlte sich auf eine klebrige, nicht abwaschbare Art schuldig. Schuld, die er nie hatte beschreiben können, die er als Kind nur diffus wahrgenommen hatte. Schuld, die er nie an etwas festmachen konnte, und dennoch hatte dieses Gefühl immer nach Bestrafung gerufen, die nie kam, die ihn aber immer den Kopf hatte einziehen lassen. Aus einem kleinen Verstecken war eine immerwährende Abwesenheit geworden. Ein »Wir sind nicht da«, eine sich unendlich ausdehnende Leere, eine monströse Angst vor anderen.

Es war leichter, all das zu begraben, sich vor sich selbst nicht zu zeigen. Leichter, als es immer wieder zu fühlen. Leichter, alles Fühlen zu ersticken. So lange, bis wirklich nichts mehr war. Bis seine Mutter und auch er selbst Fremdkörper im eigenen Leben geworden waren.

Bruno konnte die Hilflosigkeit seiner Kindheit, die sein ganzes Leben durchzogen hatte, so klar spüren wie nie zuvor. Gleichzeitig wurde er sich seiner Kraft bewusst, als ob er sich von außen sehen könnte, als der erwachsene Mann, der er nun einmal war. Er sah seine Mutter weit weg und fühlte sich, trotz einer nicht mehr zu überbrückenden Distanz, mit ihr verbunden. Es war die Bedrohung, die mit der Erkenntnis verflogen war und ihn erleichtert aufatmen ließ. Er lebte. Er hatte sich aus dem Dreck befreit und sich – keinen Gedanken daran verschwendend, sterben zu wollen – mit aller Kraft, die ihm zur Verfügung stand, für das Leben entschieden. Er hatte gekämpft, bis er spüren konnte, dass die Erde, die auf ihm lag, an Gewicht verlor, bis sie von ihm wegrieselte, bis seine Augen durch einen kleinen Schleier Erde, der ihm noch über die Lider strich, das Licht wahrnahmen.

Bruno erinnerte sich an die Wärme, die von Vera ausgegangen war und ihn nicht mehr losgelassen hatte. Er hätte sie in den Arm nehmen sollen, als sie so alleine im Haus ihres Vaters gestanden hatte. Und er erkannte, dass sie wirklich alleine gewesen war. Auch dort war er nicht da. Dabei hätte sie ihn wirklich gebraucht.

Es war das erste Mal, dass er in Gedanken bei ihr war und nicht die mögliche Ablehnung im Vordergrund stand. Er fragte sich, wie es ihr in diesem Moment wohl ging. Die Entschärfung ließ bereits ziemlich lange auf sich warten. Saß sie vor dem Fernseher? Fühlte sie sich allein? Dachte sie an ihn?

Das Rauschen des Blutes, das er in seinen Ohren hören konnte, schwoll an und wurde lauter, als ob er an einem reißenden Fluss stehen würde. Der Weg des immerwährenden Rückzugs hatte ihn in eine immer tiefere Dunkelheit geführt, doch dieser Weg war mit einem Mal abgeschnitten. »Wir sind nicht da« war nicht mehr beklemmend, es war weit weg, wie ein vor Tagen gelesenes Horoskop, dem nur Bedeutung zukam, wenn man nicht daran glaubte, selbst etwas bewirken zu können. Auf einmal fühlte er die Freiheit in sich, möglicherweise einen Fehler zu begehen und dennoch ganz bleiben zu können. Das Risiko war da, zurückgewiesen zu werden, aber die Alternative war nicht mehr, zerrissen zu werden. Eine Erkenntnis, die eine klare Trennlinie in seinem Leben zog. Ab hier gab es ein »Früher« und ein »Jetzt«. Ein »Jetzt« mit offener Zukunft.

Erneut legte er die Hand auf den rostigen Bombenkörper und genoss die Ruhe, die allein dadurch entstand, dass sein Körper noch nicht einmal einen Anflug von Zucken bereithielt. Er horchte tief in sich hinein. Etwas in ihm fürchtete noch, dass es sich vielleicht doch nur in einem Winkel seines Körpers festgeklammert haben könnte. Aber es war weg. Auf eine bessere Art als früher. Es war nicht die Abwesenheit von Menschen oder die Abwesenheit von Angst. Es war eine innere Ruhe und Stärke.

Er sah, dass die Masse der Erde, unter der er noch vor wenigen Minuten gelegen hatte, den Blindgänger erneut verschoben hatte. Die Sonne stand im Zenit und erleuchtete die komplette Fläche der Plane über ihm, so dass ein milchiges Licht über ihm lag. Brüllende Hitze erschwerte jede Bewegung und ein dicker Kerosingeruch lag in der Grube.

Er stellte sich direkt vor den Blindgänger und schüttelte sich. Noch immer rieselten Erde, Sand und kleine Steine aus seinen Haaren und aus den Falten seiner Kleidung zu Boden. Wie lange hatte er das nicht mehr gefühlt. Er hatte Angst. Fast war er froh darum, sie zu spüren.

Plötzlich kam ihm ein Satz von Rolf in den Sinn: »Dann sitzt man ganz allein in vier bis sechs Meter Tiefe in einem Loch, es ist totenstill, sogar die Vögel hören auf zu piepsen, als ahnten sie etwas«. Er lauschte nach Geräuschen. Nichts. Die Abwesenheit der Vögel war wie eine zusätzliche Dimension der Stille. Wenn das hier gut gehen würde, wusste er, was zu tun war.

Wie bei einer Kamera stellte sich sein Blick scharf. Der Zünder in der Bombe und die darin verborgene Technik füllten seine Gedanken aus. Klarheit stellte sich ein. Und alles andere um ihn herum verschwamm in der Hitze, im Dunst und in der Gleichförmigkeit der aufgewühlten Umgebung.

Kapitel 13

Vera sah zum wiederholten Mal den immer gleichen Kameraschwenk, der über die Bretterwand ging und nichts zeigte, außer den abgeblätterten Resten eines Veranstaltungsplakats. Leere Straßenfluchten in Dauerschleife. Nichts war zu sehen, und doch starrte sie auf die Bilder, in der Hoffnung, Bruno könnte aus irgendeiner Ecke hervorkommen. In diesem Moment wünschte sie sich nichts mehr, als dass er sich endlich zeigen würde und dass damit alles gut war. Und insgeheim wünschte sie sich, er würde sich nur ihr zeigen, wofür sie sich kindisch und albern fand. Sie kannten sich schließlich kaum.

Sie ging in die Küche und hielt sich mit beiden Händen an der Spüle fest, den Blick auf die Einfahrt gerichtet, wo ihr Auto stand. Innerhalb kürzester Zeit waren Bruno, ihr Vater, sogar dieses Haus, ein Teil von ihr geworden. Eine Erweiterung ihres Lebens um einen früheren blinden Fleck, der jetzt sein Innenleben zeigte, wie ein Foto in der Entwicklungslösung. Noch waren nur Konturen erkennbar, und sie wartete gebannt darauf, was sichtbar werden würde, wenn sich das Bild scharfstellte. Gleichzeitig hatte sie eine solche Angst davor, dass sie auf der Stelle weglaufen wollte, als ob einige Meter Entfernung sie davor bewahren könnten, dass sie der versunkene Schmerz, den sie darin vermutete, auseinanderreißen könnte.

Und dann wurde sie plötzlich, unerwartet und doch irgendwie zu früh, durch laute Geräusche aus ihren Gedanken gerissen. Sie sah auf den Fernseher. Schiffe hupten. Glockengeläut wurde übertragen. Willkürliche, erleichterte Gesichter wurden gezeigt. Die Entschärfung war vorbei.

Plötzlich stellten sich Fragen, die sie noch vor wenigen Stunden niemals gestellt hätte. Sollte sie jetzt sofort gehen? Musste sie gehen? Oder sollte sie auf Bruno warten? Für einen Moment hoffte sie, dass ihr ein logischer Grund einfallen würde, warum genau das die richtige Wahl wäre. Aber würde er überhaupt hierherkommen? Er lebte in einer anderen Welt, der ihres Vaters, die ihr noch immer ein Rätsel blieb. Wie hatte er es aushalten können, hier sein Leben zu führen und sie auf den Bildern in der Küche jeden Tag zu sehen? Die Erkenntnis, dass hier jemand gelebt hatte, der sein halbes Leben lang auf sie gewartet hatte, verwirrte sie.

Es war wahrscheinlich das Beste, direkt nach Hause zu fahren, in ihr altes Leben und das hier – nun ja – als Erfahrung oder was auch immer abzuhaken. Ihr Vater würde nicht wieder lebendig werden. Und Bruno? Sie wusste nicht genau, was sie denken sollte, und doch vermisste sie ihn schon jetzt. Trotz der kurzen Zeit, die sie hier verbracht hatte, war es der Verlust einer ganzen Welt, den sie spürte, als sie die Tür zur Sicherheit noch einmal ganz heranzog und das leise Klicken des Schlosses hörte. Wieder hatte sie das Gefühl, auf vage Art und Weise, schuld zu sein und ging zu ihrem Auto, als würde sie sich heimlich davonstehlen.

KAPITEL 14

Bruno hatte es Erik überlassen, den Reportern den minutiösen Hergang der »größten Entschärfung der deutschen Nachkriegsgeschichte« zu schildern. Erik konnte so etwas ganz gut, »die Dinge erklären«. Es war lange her, seit Erik selbst eine Entschärfung durchgeführt hatte, aber er war immer noch mit den Details vertraut. Er genoss die Aufmerksamkeit, während er am Fundort stand, die Kameras von oben auf ihn gerichtet, und erklärte, dass bei Blindgängern mit Zeitzündern ein enormes Risiko bestand, vor allem, wenn sie bewegt worden waren, dabei zeigte er auf die in der Sonne blitzenden Kratzspuren der Baggerzähne auf dem Metallkörper.

»Wir haben das Wasserstrahlschneidgerät eingesetzt, das hier, an dieser Stelle, mit Magneten befestigt worden war.« Erik zeigte auf die entsprechende Stelle. »Aus der kleinen Düse presst das Gerät mit einem Druck von 700 bar ein Gemisch aus Wasser und Quarzsand heraus. Diese Mischung und der hohe Druck bewirken, dass sich der Stahl wie Butter aufschneiden lässt.« Mit dem Finger fuhr er an der Schnittfläche eines ausgesägten Lochs entlang und sagte: »Der Wasserstrahl ist einmal rund um den Zünder gefahren und hat den Metallboden durchschnitten. Der Wasserdruck hat den Zünder dann sogar ein Stück weit aus der Hülle gedrückt.« Geduldig stand er im Erdloch, wo der bearbeitete Metallkörper wie ein erlegtes gefährliches Tier lag, und beantwortete der Reihe nach die Fragen der Reporter.

Bruno hatte Wichtigeres zu tun. Mit einem Mal hatte er, der sein Leben damit zugebracht hatte, zu warten und sich zu verstecken, es eilig. Er lenkte seinen alten Audi über die kurvige Landstraße, durch den Wald des Siebengebirges, der fast unmerklich in den Westerwald überging. Gerade war er an der kleinen Einfahrt vorbeigefahren, die über einen geschotterten, mit einer Schranke abgesperrten Weg zum Munitionszerlegungsbetrieb führte, wo »seine« Bombe endgültig zerstört werden würde.

Der Betrieb lag versteckt im Wald, sehr nah an einem stillgelegten Basaltsteinbruch. Der ganze Ort verströmte ungeliebte Vergangenheit. Das Hauptgebäude, in dem zwei kleine Büros untergebracht waren, diente hauptsächlich als Treffpunkt zum Mittagessen. Putz und Farbe des Gebäudes waren rissig und ließen es provisorisch wirken. Selbst im Gemeinschaftsraum, in dem über einem Blumenrelief ein gerahmtes Bild der heiligen Barbara hing, hatte man das Gefühl, in einem Bauwagen zu sein. An der Wand waren die Bilder der verstorbenen Kameraden angebracht. Rolfs Bild war auch schon da. Hätte sich jemand hierher verirrt, würde er glauben, es handle sich um ein verlassenes Überbleibsel aus Tagen der Basaltgewinnung. Und wer allzu nah kommen würde, könnte die Bekanntschaft mit Titus machen, dem Rottweiler, der frei auf dem Gelände herumlief. Bruno hatte einen Heidenrespekt vor dem Hund, der bislang zwar noch keinem etwas getan hatte, aber seiner Meinung nach ein wenig bekloppt war und die Ausstrahlung einer Handgranate hatte.

In den heruntergekommenen Nebengebäuden lagerten die gesammelten Fundstücke, die Bruno und seine Kollegen tagein, tagaus anschleppten. Berge von Munition. Birnenförmig, länglich, tannenzapfenförmig, groß, klein, kriegsgrau, kriegsgrün, schwarz, mit roten, weißen und gelben Aufschriften, bis zur Unkenntlichkeit verrostet und verwittert oder nagelneu, als wären sie gerade vom Band gerollt. Kisten an MG-Munition, Mörsergranaten, Minen, Brandbomben, Flugbomben – Amerikaner, Briten, Russen und Deutsche –, mit dutzenden von unterschiedlichen Zündern, die bei den meisten bereits entfernt worden waren. Der Berg an immer noch funktionstüchtigem Sprengstoff türmte sich durch immer neue Funde täglich weiter auf.

Direkt neben dem Hauptgebäude lag das Zersäge-Zentrum, wo die Bombe in mehrere Scheiben geschnitten werden würde, die sämtlich in einen riesigen Ofen wanderten. Durch ein kleines Sichtfenster konnte man dann verfolgen, wie der Sprengstoff bei großer Hitze flüssig wurde und langsam ausbrannte. Nach dem Ausbrennen würden die heißen Teile der Hülle auf einem Berg von Eisenschrott geworfen, wo sie dampfend abkühlten. Ein Meer an Ringen, das den Arbeitern in der Anlage die nie enden wollende Arbeit ermüdend vor Augen führte. Manchmal, wenn er hier gewesen war, hatte ihn der Anblick dieser Berge regelrecht angewidert. Doch als er jetzt die Anlage hinter sich ließ, rief der Gedanke an die Zerstörung des Blindgängers, den er selbst entschärft hatte, ein befriedigendes Grinsen hervor. Dieses Monster hätte den Tod von Tausenden von Menschen verursachen können. Er dachte an Rolf. Etwas Sinnvolles tun. Die Welt ein bisschen sicherer machen. Darum ging es.

KAPITEL 15

Der Weg führte ihn durch dicht bewachsene Wälder und, je länger er fuhr, umso mehr veränderte sich die Landschaft entlang sich immer weiter ausdehnender Ackerflächen zwischen kleinen, vereinzelten Dörfern. Die Natur schien sich zu öffnen und in eine neue Umgebung überzugehen, die einen ganz eigenen Charakter hatte. Vereinnahmt von der Weite, die sich ihm offenbarte, registrierte er erst, als sein Blick rechts von der Fahrbahn in die Tiefe fiel, wie steil ihn der Weg unmerklich, aber stetig bergauf geführt hatte. Anders als am Rhein, wo die Straßen eng und überfüllt waren, schwang sich die Landstraße in großzügig geschwungenen Bögen auf und nur wenige Autos benötigten Aufmerksamkeit, so dass Bruno den Blick nach innen richten und spüren konnte, wie Freiheit und Leichtigkeit sich aufschwangen, als ob er sich an der nächsten Biegung in die Luft erheben könnte.

Obwohl er lange nicht mehr hier gewesen war, erinnerte er sich an eine kleine, alleinstehende Gruppe von Birken, die sich um einen Felsen gruppierte. In der Gleichförmigkeit der geschwungenen Straßen hielt er Ausschau nach diesem bekannten Gebilde und freute sich still, als er es endlich erkannte. Die Bäume wirkten, wie er es in Erinnerung hatte, als hätten sie sich bewusst zu dem einzelnen Stein gestellt. Hier fuhr er ab und folgte dem Weg, der sich zu einer engen, steilen Serpentine bog, an deren Ende er fast abrupt auf ein größeres Gebäude stieß, das von lichtem Wald umgeben war und das Gefühl eines geschützten Adlerhorstes vermittelte. Es war ein der Welt entrückter Bau, den er nicht ohne eine leise Beklemmung betrat. In der Lobby saßen alte, vor sich hin starrende Menschen. Es roch penetrant nach Putzmitteln, deren Schärfe es kaum schaffte, den Uringestank zu überdecken. Eine Pflegeschwester schob eine wild kopfschüttelnde und sich laut beschwerende Frau im Rollstuhl über den Flur. Er hielt sie mit der Frage »Irene Hartmann?« auf und bekam zur Antwort: »Sind Sie der Sohn?«

Er nickte und fragte sich, ob das Standard war oder ob sie Ähnlichkeiten entdeckt hatte.

»Erster Stock, den Gang links runter. Das dunkle Eckzimmer. Sie liegt allein.«

»Warum das?«, fragte er, obwohl er genau wusste, warum, zumindest hätte er es sich nie anders vorstellen können.

Die Schwester nahm sich Zeit, ihre Worte abzuwägen, und sagte: »Nun ja, sie hat ihren Wunsch nach Abgeschiedenheit vehement zum Ausdruck gebracht.«

Bruno musste schmunzeln. Das konnte er sich gut vorstellen.

Im ersten Stock war es gespenstisch ruhig. Als er auf den Flur lief, wusste er sofort, welches Zimmer es war – nicht nur, weil ihm der Weg beschrieben worden war. Er konnte ihre Anwesenheit fühlen, als ob er in dieser Sekunde wieder Kind geworden und alles um sie herum mit ihm verbunden wäre. So wie er früher, als seine Mutter und sein Vater noch zusammen mit ihm unter einem Dach gewohnt hatten, immer gewusst hatte, wer von beiden die Klinke zu seinem Zimmer drückte, so wusste er auch jetzt instinktiv, wo sie war.

Er klopfte an und öffnete kurz darauf die Tür. Beim Eintreten nahm er etwas vom Flurlicht mit in den Raum. Sie saß genau dort, wo er vermutet hatte, den Rücken zur Tür, das Gesicht auf das Fenster vor dem herabgelassenen Rollladen gerichtet, so dass das Erste, was ihm auffiel, ihr Gesicht war, das sich in der Glasscheibe spiegelte. Ihre Wangen waren eingefallen und ihr Mund stand leicht offen. Soweit er es im Halbdunkel erkennen konnte, schlief sie aber nicht. Es wirkte, als ob sie in der schwarzen, durch den Fensterrahmen eingegrenzten Fläche etwas suchen, zumindest aber beobachten würde.

»Mutter«, sagte er in den Raum, ohne eine Antwort zu erhalten.

Er ging zwei Schritte auf sie zu und wusste für einen Moment nicht, was er tun oder sagen sollte. Dann zog er den Stuhl, der ordentlich unter ihren Esstisch geschoben war, hervor und setzte sich neben ihren Sessel. Ihre sehnige Hand lag auf der gepolsterten Lehne, die Haut wie dünnes Pergament.

»Mutter.«

Sie spiegelten sich beide auf der dunklen Glasfläche und er ertappte sich dabei, dass er, wie aus Gewohnheit, ebenfalls versuchte, etwas in diesem farblosen Bild zu erkennen.

Er wandte den Blick vom Fenster und sah sie direkt an. Ihre Gesichtszüge waren mit dem Alter schärfer geworden, und je länger er sie ansah, desto größer wurde ein Gefühl der Trauer. Sie hatte ihr Leben nie gelebt. Und im gleichen Moment wurde ihm bewusst, dass er das auch nicht getan hatte.

Bruno legte seine Hand auf die seiner Mutter und sah sie lange an. Obwohl er nicht wusste, wie er reagieren würde, wenn sie ihn tatsächlich registrierte, wünschte er sich, dass seine Berührung sie aufwecken könnte, so wie Vera ihn aufgeweckt hatte.

Sie zeigte kein Zeichen des Anwesend-Seins, des Erkennens oder der Zugewandtheit, und doch hoffte Bruno, dass es vielleicht einfach nur sehr lange dauerte, bis seine Liebe, die er neu gefunden hatte, durch ihren Panzer hindurchgewandert war. Vielleicht registrierte sie es, wenn er weg war – in einer Stunde oder morgen oder in einer Woche.

Nachdem er die Tür hinter sich zugezogen hatte, konnte er nicht mehr sehen, was seine Mutter wahrnahm, auch wenn sie sich nicht regte: eine zweidimensionale Figur, die sich einfach aufmachte, den Rahmen, der sie eingezwängt hat, zu verlassen.

Er hatte das Auto in einer Parallelstraße abgestellt, merkwürdigerweise, um nicht aufzufallen, dabei war er eigens hergekommen, um genau das zu tun. Nun ja, zumindest wollte er sich zeigen. Vera hatte ihm die Hausnummer nicht genannt, aber die Straße hatte er sich gemerkt. Allerdings war der Reiterstaffelplatz kein Platz, sondern eine ziemlich verwinkelte Straße, in der mehrere Hochhäuser aufragten. Genau genommen war es sogar ein ganzes Quartier. Es würde einige Zeit dauern, sie zu finden.

Bruno lief von Haustür zu Haustür und hatte die ganze Zeit das Gefühl, aus jedem Fenster beobachtet zu werden. Es war, als würde er sich selbst beim Suchen beobachten. Und als er ihren Namen fand, kam es ihm vor, als ob sein bisheriges Leben genau zu diesem Zweck so verlaufen war, wie es verlaufen war, dass er an diesen Punkt kommen musste. So als hätte er in diesem Moment den roten Faden in die Hand bekommen, der schon immer durch seine Geschichte geführt hatte.

Neben einem runden, hervorstehenden kleinen Knopf stand hinter einer durch die Sonneneinstrahlung milchig gewordenen Plexiglasscheibe auf einem leicht welligen Papier: Vera Paulus. Aufregung mischte sich in seine Freude. Der Geruch nach frischer Farbe zog kühl unter der Haustür durch und versetzte ihn in Aufbruchsstimmung.

Von sich selbst überrascht, dass er keinen Moment zögerte, drückte er die Klingel und wartete, was passieren würde, als ob er einen Auslöser betätigt hätte und nun auf die Reaktion wartete. Unter seinem Finger konnte er das elektrische Summen wie eine leichte Vibration spüren. Der Anordnung der Schilder nach zu urteilen, wohnte sie rechts von der Eingangstür im Hochparterre. Durch das gekippte Fenster registrierte er die bekannten unterdrückten Geräusche, die unweigerlich entstanden, wenn man versucht, sich vollkommen leise zu verhalten. Sie war da. Er wusste, dass sie hinter dem Vorhang stand und ihn auf der Türschwelle sehen konnte. Sein Herz klopfte vor Aufregung bis zum Hals und er musste sich zwingen, nicht zum Fenster zu sehen. Er wollte ihr kein schlechtes Gefühl geben, indem er sie ertappte, und blieb wartend an der Haustür stehen.

Vera war dabei, ihre Wohnung auf links zu drehen. Als sie aus dem Haus ihres Vaters zurückgekommen war, hatte sie das Gefühl, dass nichts mehr stimmig war. Einfach überhaupt nichts. Die Kunstdrucke an der Wand empfand sie als albern. Die Deko irgendwie kindisch. Die Möbel standen an der falschen Stelle. Sie wollte überall gleichzeitig anpacken, so dass ihre Wohnung in kürzester Zeit aussah, als würde sie entweder ausziehen oder wäre gerade erst eingezogen. Sie genoss das Gefühl des Übergangs, und war, als es an der Tür läutete, gerade dabei, Farben für die Wände zu testen. Sie stand in ihrem Wohnzimmer zwischen mit Planen abgehangenen Möbeln und konnte nicht fassen, dass er gekommen war, dass er tatsächlich vor der Tür stand. Es war kein Zögern, das sie warten ließ. Es war die Erkenntnis, dass sich hier ihre Geschichte ändern würde, die sie für einen kleinen Moment länger verharren ließ. Sie wusste, dass es diesmal anders sein würde.

Etwas war auch anders an ihm. Er hatte ein frisch gebügeltes Hemd an und machte einen sehr aufgeräumten Eindruck. Aber das war nicht alles und vor allem nicht das Wesentliche. Es war, als ob er präsenter wäre, als ob ein Schleier von ihm genommen worden wäre. Sie legte den Pinsel zur Seite und warf auf dem Weg zur Tür noch einmal einen Blick auf die Probestriche. Sie hatte die richtige Farbe für ihre Wände noch nicht gefunden.

Die Sonne, die durch die im Wind tanzenden Blätter der hohen Linde an der Straße schien, erleuchtete die Fläche vor dem Haus, so dass Bruno in einer freien Fläche aus tanzenden Lichtpunkten stand. Der Boden blinkte, als würde er inmitten eines Feuerwerks oder unter einer Diskokugel stehen. Und da fiel ihm der Song ein, den er bei Rolfs Anruf im Autoradio gehört hatte: Look at me standing, here on my own again, up straight in the sunshine. No need to run and hide ...

Die Tür ging auf und sie trat zu ihm ins Freie. Als er die Freude in ihrem Gesicht erkannte, atmete er tief ein und ging einen Schritt auf sie zu. Die Umarmung flutete ihn mit einer Wärme, die ihn vollkommen ausfüllte und die Grenzen seines Körpers aufzulösen schien. Es war, als würde er mit ihr und der ganzen Welt verschmelzen. Alles floss zusammen, alles war eins. Kein Gestern und kein Morgen lenkte vom Jetzt ab. Er war endlich in seiner Gegenwart angekommen. Er war da.

Danksagung

Ich danke meiner Frau, die mich von der Idee für diesen Roman bis zum fertigen Text unterstützt hat, und meiner Lektorin Sonja Ribbentrop für ihre Klarheit und konstruktive Kritik. Außerdem bedanke ich mich für das große Vertrauen, das mir während meiner Recherchen von zahlreichen Mitgliedern der Kampfmittelräum- und suchdienste entgegengebracht wurde. Sie haben mir unschätzbare Einblicke in eine verschlossene Welt gewährt. Ganz besonders erwähnen möchte ich Peter Bens, der jahrzehntelang als Entschärfer tätig war und mir das Tor zu dieser Welt geöffnet hat, genauso wie Jürgen Plum, Andreas West und Gerhard Schmitt, denen ich für ihre Offenheit und Geduld beim Erklären der perfiden technischen Details danke.

Am Ende sei noch erwähnt, dass es sich hier um einen Roman handelt. Auch wenn die Geschichte von tatsächlichen Ereignissen inspiriert ist, so sind Handlung, Orte und Personen frei erfunden.